聒耳枯荷一万声

崖渊/著

人民东方出版传媒
東方出版社

目录

五绝

青山撞入怀

啖　云

霜吼六朝灭，孤磬四壁空。白头说少帝，原是啖云僧。

归　路

杳然忽回首，云窟上人踪。苍茫不辨路，冥灵水雾空。

云　深

六朝古寺在，白云无人扫。冥冥不敢入，云深湿僧袍。

空　山

出世竟何难，天地拟盖棺。残局僧顶雪，老鹤啸空山。

前　代

宫女齐下泪，水雾隔龙池。老僧忆前代，冷梅总不知。

镜　中

花冷寻不见，鱼嚼梅影残。镜中人来望，云埋一半山。

寒　山

寒山孤僧冷，云朵作袈裟。幽梅零落尽，寺墙满霜花。

空井

幼子不知事，空井拾落英。秋风吹白发，臣妾谢道清。

废宫

风霜老壁吹，寂寞无人归。废宫摇草燕，不要向浅飞。

休醒

冷山雪纷纷，老鹤叩空门。大梦君休醒，都是梦里人。

冷月

明月如丝茧，缚我不得逃。苍苍独照我，白雪满僧袍。

开窗

微寒耸百岫，终夜独徘徊。久未开窗望，青山撞入怀。

山丘

天地一长啸，小睡起山丘。起嫌人世矮，欠伸不自由。

涉江

夜雨灯深冷，云雾渺故宫。袈湿人无复，谁为采芙蓉？

小 楼

空墙人不返，依旧见孤鸿。轻寒春雨黯，小楼空更空。

裙 上

裙上花经年，东风吹不见。佳期不可再，潇潇雨如烟。

微 雨

此恨何曾洗，挽上杨柳溪。红妆湿微雨，见了不归去。

秋 水

有尽是流年，无尽是恨泪。予我湛卢剑，斩不断秋水。

潇 潇

昔不解芳菲，今独江潭悔。只恐潇潇雨，尽是相思泪。

春 雨

帘里昏烛冷，帘外雨廉纤。这般愁模样，怕教啼鹃见。

恨 谁

微雨破轻蕾，凄凄染芳菲。红颜何嘴硬，莫问心恨谁。

游　子

江南燕子飞，醉里东风吹。幽燕无一好，客子归不归？

冷　寺

冷寺藏空山，湿砖砌云寒。石榴澄寂寞，秋雨吹阑珊。

飒　雨

寥落七八棋，秋雨飒空席。灯逐江上影，原是眼迷离。

清　梦

雨打残山壁，星洒满风舟。老僧一叶定，清梦迢迢陡。

风　霜

相知不相见，相见不相识。相识不相爱，相爱不相知。

恨　月

我醉月不醉，我醒月不醒。平生独恨月，费尽我衷情。

流　萤

幽幽数流萤，稀疏乍有无。不近繁华屋，却伴我孤独。

红　豆

碧海月无眠，红豆一年年。半张模样旧，一帘风月闲。

相　望

思归又一年，夜夜终苦颜。明月如霜冷，伊人眠未眠？

孤　鸟

断头身既死，断羽焉得飞！恨月荒山浪，夜夜荡苍辉。

夜　起

醒时空痛惋，梦里太糊涂。夜起沉吟久，白雪覆京都。

钗

绿焦湿断续，红腻钗上风。六宫宫女在，搅碎梦魂声。

城　破

城破沉残戟，兴亡下海流。谁怜含烟柳，犹掩姑苏红。

老　雁

闲云归天外，水萧风似刀。老雁嘹呖处，泰山也秋毫。

老 翁

扑鱼入江水，蓑衣亦不穿。老翁还一笑，终是江外寒。

秋 风

高蝉满树听，满树离骚情。秋风度高馆，为谁感不平？

松 山

寒月揉夏夜，松飞岁岁愁。堪闻渺山灰，曾是经纶手？

俯 仰

人猿昨对啸，秦时老月残。恐龙闹青海，喜马拉雅山。

江 声

筱箬依风雪，江雁驻棹钩。极恨摔琴断，听风忘琴忧。

名利舟

千帆竞风波，几多仍碌碌。争换大小舟，忘乎沧江渡。

黄 鹤

黄鹤翻利禄，而今望夕残。尘重飞不起，寥落在高寒。

七绝

聒耳枯荷一万声

出　塞（十四首）

其　一

死生阵上铁蹄残，誓死成灰守冷山。雪满城头独倚客，一声笛起泪潸潸。

其　二

雷鼓激昂山似戟，铁戈埋没月如钩。威权无败义无用，自古如何轻将侯？

其　三

狂风吹遍朔霙寒，蹄铁铮铮出玉关。万里烽摇照死志，何须鸿雁寄安还！

其　四

折草秋风雁乱飞，铮铮乱雪竟谁归？功名醉望烽火里，不见青山万里灰。

其　五

苍凉残夜当城月，羌管一声愁裂天。直见秋风乍吼起，三十万甲尽无言。

其　六

不知何处铁笳袭，肠断关河更莫疑。塞雁长嘹飞不起，凄寒冷月满征衣。

其　七

青史怎生愁满扉，两行银烛泪空垂。一钩残月无穷雁，不待天明尽远飞。

其 八

关山蹄乱月如丸，飔卷黑匣血未干。横澜尽是无情物，洗罢英雄洗海山。

其 九

夜带横刀血未干，狂蹄战罢月光寒。西风铁马忽吹动，烈火满胸撩不安。

其 十

寥落关山残月寒，碰杯梦碎枉然酣。残戈铁马浑如梦，踏破关河睡不安。

其十一

腥雨残钩尽已空，铁蹄浩荡入关东。残阳万里无边逝，阵阵哀鸿赴此中。

其十二

乱雪扑横秋恨生，霜满人头秋恨成。关山夜半霜风吼，掩去将军吞泪声。

其十三

残垒荒凉挂冻凇，倒插乱戟冷峥嵘。汗王纵马休跋扈，踏裂铁蹄国亦崩。

其十四

关山万里胡旗骚，娇月摧残堕乱雹。烈飓狂摇秋万树，塞云黑莽猛如涛。

江　声

龙嘘残烛湿窗溅，江声一千五百年。醉数朦胧天上月，终是烟茫向渚边。

生　涯

霜风低吼起平沙，梦一饮尽即生涯。千尺水月去沧渺，望兮思兮秋涕下。

孤　星

夜来无处可徘徊，狂蟒望来终不来。秋水江湖独啸远，孤星客望怅何哉！

浊　酒

仰天拔剑去何方，大道苍苍夜有霜。骇浪掀枕无从睡，且听江海倾樽凉。

无　寐

莫笑狂客今落魄，胡霜萧飒寒气多。我与明月从天落，夜不能寐思故国。

一　钩

我过山兮山尽哑，我问海兮海无答。不知此身将何往，一钩旧恨在天涯。

秋　水

如水月下独彷徨，泪眼红颜不敢忘。秋水盈盈若可越，见君我宁满头霜。

悲 歌

不见酒徒雷鼓狂，但见渭滨老仓皇。望天莽莽涕如雪，夜忍冻虫放进窗。

沙 鸥

浑身明月披寂寥，不知我者谓我潇。沧海沙鸥一声笑，满天是酒也难消。

呼 月

烈士飞雷击不休，万里飘忽莽天游。旧时明月羞白发，呼尔八遍涕泗流。

昔 钓

昔钓白龙渭水旁，十年流落在他乡。左徒一啸投湘水，醉中不见满天霜。

远 船

滔滔骇浪荡秋风，千顷水光霜满空。一见相知船已远，无边银汉坐江中。

下 弦

今夜雪蟾眠不眠，无人风里荡秋千。谁剪惨白银钩月，勾谁忧伤摇下弦？

冷 月

明朝君去不复知，夜歌千遍离人痴。苍月杯中霜似雪，总是将缺未残时。

皎 皎

皎皎如恨君莫猜，高楼之上莫徘徊。西凉猛士今安在？不摘明月不归来！

夜 肆

夜肆龟年掩面湿，醉将沉痛问白痴。梨园子弟今安在，问与梨园总不知。

谁 晓

冷露盈光沾舞裳，客愁万里揽秋霜。西风吹起金陵曲，谁晓何人是故郎。

万 里

不敢高天相对望，美人泪照月凄凉。六朝金粉兴亡剧，轻唤秋风万里长。

别 后

别后空怜梨雪泪，相呼水鸟恨蹉跎。伤心非是苍天事，哑哑乌啼夜半歌。

梦 中

万里沧澜白浪横，馆娃宫外起秋声。荒唐满纸空一笑，一觉醒来还梦中。

夜 雨

往恨前情醉醒中，百年天地一秋风。狂淋夜雨无情踩，踏碎痴心是此声。

月 残

长啸一声冷月高，月残如雪满弓刀。兴亡反复涛声里，送尽英雄夜夜潮。

古 来

谪仙狂醉酒尽倾，六朝安在乱苍星。冰蟾逐与秦淮去，洗尽古来多少情？

吊 古

战残白骨血茫茫，玉蟒剑湿苍团光。又起秋风一吊古，关西荒草见牛羊。

西 风

一声长啸倚吴钩，多少西风吹客愁？怒髯如戟悲无语，夜半风霜照兜鍪。

铁 关

冰雪峥嵘不可翻，死鸟曾将破铁关。而今天地无俗子，茫茫苍月大冰川。

何 故

金笳暗拍关山雪，银钩千里长孤绝。魏王何故悲铜雀？浪掀千尺击吴越！

终 古

燕山终古薄烟光，寥落乌啼起苍凉。夜夜多少红尘死，猛霈滂沱沾何方？

清　秋

怅望荷池塞红泥，昔人已去空荷攲。梦里人演焦鹿戏，一池枯荷向谁凄？

昏　烛

秋风吹起萧萧雨，化作往事向谁家？两人背坐昏烛里，前生红泪在天涯。

深　夜

随手几个伤心字，删来复去掩前情。昏沉推手残更夜，模糊不晓是君名。

朦　灯

今夕君已出城否，华灯扑朔几时熔？几个传言卒销忘，两行颤字似梦中。

暮　江

雁随秋水去无痕，千古渔歌浦暮深。一片心随江际灭，日逐孤雁不逐人。

秋　山

秋鹭无穷向远飞，九间流落几时回？残阳乱影胭脂色，一晌贪欢不忍归。

归　心

白猿摇荡飞如雪，骤腾捞起水中月。凄凉霜魄大荒流，归心遥与月飞灭。

雪　浪

白雪千堆掀卷起，月沉不见冷云生。浪沫喧哗梦呓里，一行霜雁叫西风。

无　字

天地不闻游子痴，下弦银月已来迟。草碣无字西风里，千古悲凉蚂蚁知。

长　亭

雁去云飞青廓远，春江潮静起烟暝。猿愁未断湿影里，万里残日对长亭。

西　江

悲滞残秋风雨茫，一江寒澹乱飞黄。雁向秋水连天瘦，西江月随西江长。

重　陵

澹波远去平沙边，红泪洗浅寄秋涟。忐忑重陵将暗会，山头鸣叶叫月闲。

龙　湾

泪里星河久动摇，思君不见忆阿娇。龙湾四百八十洞，为我夜夜吹凉箫。

江　火

江火寒曳似流萤，遥灯深处聚散声。两岸猿愁相对啸，万古兴亡一杯中。

雪　猴

捞月众猴已万古，无一看破雪飞梢。老猴仰俯摇头笑："水里繁星怎不捞？"

赤　壁

天澹水闲冻不飞，荒碑断戟砌寒霏。猛放澄水出箫洞，洗尽赤壁万古灰。

无　疆

飘飘残雁转蓬高，舷扣西风翻雪涛。天涯古树摧岁月，无疆行客赊银刀。

西　泠

几时沧海变桑田，茫茫天际向谁边？今夕晕里印楼冷，莫是风雨作云烟？

星　袖

石头记否当年事？幢影灯鱼舞榭空。呼啸幽山高低草，一袖星卷余一生。

李陵台

寒嶂冷剑荡霙斜，山海势倾赊月华。裂鼓残旗天狼下，李陵台北摧飞沙。

白　发

砧杵中宵捣疆边，冰合莽水冻青天。万帐灯火无眠夜，将军白发弄雪怜。

下　弦

万家砧杵夜无眠，孤鸿啼破莽霜天。可怜一片关山月，误我生涯到下弦。

月　海

风刀搅碎旅梦寒，吹簸一重两重山。月潮动荡深霜下，照得冰铮冷帷毡。

羌　笛

铁马碎月冰河秋，十万白骨已盈丘。冷月如霜照老将，一声羌笛山海幽。

青　螺

长安终古冷烟清，玉树歌残埋落英。空向梨园寻故老，青螺碎尽怎生听！

送　舟

雁啼霜吼风萧萧，风雷酩醉翻雨脚。阵马啸浪声渐小，送舟江槐年年老。

姑苏台怀古

霸业沉浮太仓皇，千艘横系沦梦场。幽发古榭因秋雨，笛冷夜穿姑苏墙。

建邺水

千艘横列大江西，乱眼烟光放眼低。多少覆盆江在雨，秋洪邺浪武昌鱼。

江 酒

歌罢万里秋外秋，解尽千年愁里愁。行舟送尽昨日酒，难咽桂魄此夜愁。

西 楼

鹦鹉名传鹦鹉洲，曹黄梁甫剩荒丘。纷吹天上雪飞起，月浪驾风满西楼。

枯 叶

萧飒星河摇动荡，无边落木何彷徨？长风万里吹枯叶，纷纷蝶舞起凄狂。

星 河

碧燃寂寞侵星袍，浪打船声月如潮。风里犹近山虎啸，攲枕漫看玉蟒高。

夏 吟

铁马苍嘶雨脚乱，纷砸龙蟒影凄残。长风萧瑟枝满地，然喜早夏第一蝉。

冷 炉

一帷风月古胡天，万里青枫落君前。倦望碧燃失神色，旧梦飘摇冷炉间。

横 笛

水天一色霏吹柳，风月无边皓满楼。醉醒无聊笛横起，不如此夜为谁愁。

幕 府

霜堆幕府冷蟾寒，砧杵万家捣梦阑。风吹谁家旧事涌，雨夜萧萧瘦灯残。

长 安

长风万里卷肃杀，泪堕霜蟾照圆华。旗荡天狼长安照，家藤狞碎老琵琶。

剪 刀

料峭春风作剪刀，流年逝水酿寒酒。海角天涯两柄去，相逢却只为裁柳。

江 汉

汉之广矣安可越？汉之永矣安可灭？吾送船时骨作尘，汝拾船时头如雪。

大 漠

一风一雁一银钩，一人一马一兜鍪。一夜风霜一声吼，一人孤啸一天秋。

灯 影

龙头呜咽幽恨长，九间何处不沧桑？大梦浮沉唤不起，翻灯窥鼠躲凄惶。

明 月

西风一夜白发生，听取邮签第几程？满眼秋霜明月照，明年虽好不相同。

登楼

六朝残横棋局在，腻满秦淮不浣愁。江过今夕还是梦，更无人处一登楼。

行客

明月莫照深深处，俯仰不信秦朝真。咸阳行客浑笑煞，不知万世自黄尘。

西风

听煞芭滴砸梦休，思君独上浪西楼。西风可恨何多事，吹绿芭蕉吹白头。

沧溟

长风席挂怜逐客，吹落清玦天上别。万里沧溟自由去，一江明月何圆耶？

放窗

暮钟千古荡空斋，秋风吹簸月如海。叠嶂铁蹄欲东去，狂澜万里放窗来。

深山

烛夜龙吟风雨乱，无穷飞鸟过荒颠。深山四壁浑愁裹，生恐漏逃向世间。

风雨

落花扫尽六朝休，还乞冥冥万古愁。四壁无人灯吼灭，满山风雨入危楼。

滂 沱

滂沱雨脚乱蘅芜，寒上小楼僧自孤。楼外雨声原是我，大苍宇宙也即吾。

禅 坐

深山四壁雨纷纷，梦遍杂人不梦君。寒上空楼风雨夜，冥冥独坐忘禅心。

冥 冥

红泥小寺匿山阴，秋风寥落荡嶙峋。夜残卷尽星如雨，此际冥冥偏忆君。

下江陵

燃犀长夜湿栖乱，起坐难平逆浪声。满舸人哭秋啸里，暗逼红蜡不言中。

野 飔

小楼酒醒月朦朦，残壁清清问死生。野飔不过关河障，不忍茅檐涕泪声。

思 君

月照青林啸抚琴，山河天地入怀襟。残年无际回声荡，四面八方浑是君。

直 至

江州司马青衫湿，天宝成空往事知？直至千年明月下，谁人泪溅老僧诗？

冷　蝉

水冷天高又一秋，波涛满树涌无收。冷蝉一夜哭不断，万树秋风各自愁。

往　事

几经冷雨落花湿，相背二人望远池。归后风流成往事，伊人除却更谁知？

消　亡

江海漂泊君莫忆，流年逝水复言何？逐君些我消亡去，剩与残魂哪半多？

滩　声

梦醒风烛残瘦支，寒流呜咽古来时。夜来滩转八千偈，奈何苦僧听不知。

笑　月

秦时月笑关河假，笑遍人间月是真？长啸江山天不语，橹声摇月到江深。

古　人

空寺不闻天下嚣，终宵倚杖听江潮。古人死尽残局在，猛虎一声山月高。

夜　雨

滩转迢迢陡入梦，月黑萧瑟乱波声。江声夜雨听千尺，风吼樯烛空裂红。

何 故

巴山夜雨银烛冷，幽梦沾湿一夜苔。绿树嫩荫都咫尺，伊人何故不重来？

梦 醒

寒上小阁吹冷衾，潇淋深掩泪涔涔。梦醒不闻宛郎唤，落花愁雨深更深。

浮 生

为我一池不败生，一时回首背西风。浮生塘满如一梦，何有何空何去从？

梦 魂

莫想明朝怎得过，今夕欲过更如何？梦魂难载澜沧水，夜夜激流奔故国。

阻 潮

山海孤帆深入幂，滚灼红泪眼中烧。逆澜不放客舟走，眼前汹涌不是潮。

醉 语

雾起空山僧老过，云窟深处有故国。原来人世模糊好，何必禅宗清楚说？

无 端

为灭残灼不死心，澜沧万里竟掀回。无端哭罢无端笑，世上无端我是谁！

急 雨

不见人还见雁还，满樽浊泪岂藏帆？愿化秋风急卷雨，离愁万点过江寒。

潇湘雨

平林新月人归后，今夜洞庭白云西。多情谁胜潇湘雨，向君轻笑背君啼。

空 山

空山倚遍悄无人，爱恨情仇不见痕。八百楼台寒寂寂，湿云如梦雨如尘。

梦 语

无赖东风愁入梦，满庭吹起落花霏。梦中多少啼痕旧，鹦鹉凝情欲语谁？

生离别

急雨萧萧落冷滩，一钩新月旧关山。今宵仍未生离别，相对犹难忍此寒。

前 尘

照煞危楼月色寒，苦藤世世去纠缠。前尘多少堪回首？何况今生已两难！

无 端

纵我笙歌酒尽倾，醉生梦死不曾醒。无人夜半狂风啸，泪里无端又忆卿。

过华清池

云水飘衣如雁轻，铁蹄踏碎雨霖铃。万马千军为尔守？枉山脚下葬秦陵！

过马嵬坡

华清池上惊鸿影，马嵬坡下未招魂。一尘一劫两行泪，不问苍天只问君。

讨 月

深宫妃女剥莲子，清快匆匆苦涩长。床头襁褓嗷嗷哭，强索声声讨夜霜。

满 城

更无人处野藤狰，萧瑟飕杀淹哭声。秋吼满城不尽恨，高楼尽在冷霜中。

泪

寒雨飕飗又一年，想想混入酒秋天。恨吾冰冷如垂泪，岂忍幽幽掠汝颜？

百 年

天涯一去不重逢，不见归人只见鸿。醉笑百年何苦短，任他离恨太匆匆！

酒 醒

残生离恨算何苦？醉笑百年太匆匆。酒醒残昏人已远，满楼喧乱杂秋风。

夜 半

狂歌声落人散尽，卷地西风忽不定。夜半黑城漆无人，奈何沉醉奈何醒！

空 墙

不见人归只见樽，秋风朔朔独出门。无情吹落矶头月，照煞空墙醉酒人。

醉 醒

西风昨夜钟激荡，惊乱回声上下飞。宴客三千拼大醉，一朝酒尽空余悲！

秦淮夜雨

夜雨萧吹卷梦魂，依然残恨比秋深。秦淮哭罢行人笑，流尽繁华是此声。

春 愁

春恨湿发江北南，翻过一重两重山。夜来乱雨横芜转，掩我隔江独自潸。

欠 伸

知我何世我何人，无端哭笑无端嗔！霜晨起望江湖大，却恨天低碍欠伸。

深 藏

月明如水满天霜，蜚雁嗷嗷人断肠。往事深藏休再访，铁楼隔梦月隔窗。

枉 汝

砸棂夜雨欺残梦，哭笑无端又一年。枉汝秋蝉聒乱尽，知吾一夜惘无眠？

空 寺

四更睡眼正惺忪，回首一生冷雨濛。梦醒天涯愁欲晓，不闻世事打窗声。

空 楼

夜雨滩吹夜半钟，逐风雁去影无踪。重弦翻尽人何去，声荡高楼空更空。

空 房

西风寥落漫星残，败凳枯窗冷月寒。如此凄凉曾未有，清霜四壁绕阑干。

洞庭湖

洞庭浪涌梦吹残，雨脚银弦夜月弹。忘尽心头无限恨，古来一啸对君山。

残 夜

美景良辰何处看，晓风凉夜苦寒蝉。凄凉无数空前荡，夜半惊钟冷月残。

烟 花

夜半秋飕冷影单，一钩残月对君山。烟花本是无情物，莫把箜篌倚夜寒。

故 国

千弦弹断夜霖多，无限秋思望玉珂。江北座中听鹧恨，秦腔横断似故国。

西 风

寥落山河一啸歌，岂教荆棘没铜驼！银笛声里铁蹄起，跋脚西风入梦多。

乡 愁

古渡西风船满涌，打乱沧波更飕飕。夜半横潮掀鼙鼓，最难安置是乡愁。

漂 泊

风欺客梦更孤身，山上萧条千百坟。梦醒漂泊忘甚处，东西南北多一人。

狠 哭

枕伏辗转想今夕，满树寒蛩拼命啼。料断狂生留不住，夜残秋雨狠哭凄。

秋 风

红颜零落老杆欹，池荷枯尽冷凄凄。秋风待我凋零尽，再请君边寄客衣。

一 问

我问苍天何是道，苍天不语望青山。我问青山何是道，青山不语望大川。

春　恨

乱岫危楼打壁窗，霏霏雨雪一夜凉。料得春恨留不住，忙趁青春要断肠。

深　帘

烟雨迷离骢暗踏，落红冷砌梳妆台。人来紧掩心翻涌，人去深帘快打开。

救　蛾

深夜朦胧浅入梦，萧萧乱雨打澜波。醒忘身撞煌煌焰，哭剔灯花救飞蛾。

微　明

长夜空山人徙倚，星云如梦早成迷。抓天烈焰犹浇灭，一点孤明总不熄。

幽　恨

鹦鹉凝情无泄漏，伊人心事最难猜。情怀可奈不由己，幽恨朦胧入梦来。

斜　晖

仰天大笑红尘栈，不见伊归见雁归。大梦秋声夕恍醒，院深无语逝残晖。

难　眠

天涯挥断难重见，莫问浮名与浮生。萧山秋雨撩残夜，聒耳枯荷一万声。

何去

西风摇落树枯残，回首梨园夜雨寒。不晓浮生何处去，才听秋雨又闻蝉。

身在

悲风夜吼关河裂，一夜贪欢云浪边。梦醒不知身是客，如何身在乱樽间？

凄凉

强道天凉好个秋，顿然回首无泪流。仰天大笑指断雁，笑到凄凉也无由。

倾樽

千阁倚遍冷云湿，万尺秋雨闲吟诗。倾国不解倾樽恨，醉客焉知醉眼痴？

空门

荡荡秋风骤九霄，万端老树一时凋。枯枝卷地终何去？除却空门何处销！

独来

残夜无声悬冷月，铁檐沉睡死如灰。横鞭怒马沧澜破，独自狂来独自归。

月魄

独倚高城砧杵乱，依稀秋角横吹残。乱车碾破悲涛莽，月魄溅澜湿未干。

哀 雁

万千故垒万千山，骇浪船摧风劲寒。哀雁不说杂客恨，一年一度到江南。

翻 墙

荼蘼满衣潜夜壁，钗摇铃动冷鞋轻。秋波横欲流出眼，盈脸相看无限情。

浮 生

鱼贯香裙琵琶声，魂迷宴罢春梦空。秋声飒飒惊帘帏，夜雨滂沱打浮生。

明 月

独上西楼夜骤高，遥呼山海看长刀。一身霜雪背明月，风骨嶙峋寂寞袍。

霜 落

夜半浪掀枯树声，残墙败壁故僧空。霜逐雁落蒹葭冷，浪客独醒向西风。

非 愁

举世非之岂作休？兴亡一梦大江头。重崖壁放狂澜走，知否猿嗥不是愁？

雁 语

隐龙山前春潮急，隐龙山上无消息。笑罢沉云顶上客，摇蒲雨荡雁相语。

山　头

独上青山残冷月，徘徊无处望云窟。山头犹有江东客，欲哭无泪听鹧鸪。

乱　山

千古英雄草莽头，一钩残月对兜鍪。狂聒残夜撩摧梦，乱树悲蛩万种愁。

老　泪

潇洒狂然背我去，江雷鼙鼓怒无休。两壁青山狂对啸，龙啸满江老泪秋。

乱　峰

沉沉夜色锁山头，猿啸不听亦自愁。万指高插耸入墨，狂崖浪笑不低头。

雁　声

向无人处倚阑干，败壁龙蛇摇夜残。窗外夜霖深万丈，雁声无限荡江山。

惊　帏

惊帏滴残萧飒雨，残烛摇晃满窗霜。小楼吼起浑如梦，夜起浮生凝影幢。

辗　转

辗转篁深难入梦，野飕萧瑟打枯窠。声声幽恨滴长夜，不语芭蕉秋雨多。

故　国

寂寞洞庭夜起波，月明如雪入扉奢。霜天撩雁听无语，冷抱琵琶思故国。

乌　啼

乌啼哑战铁檐裂，烛底凄凉一片秋。楼上霜风忽吼起，无端想起旧风流。

金　陵

铁马西风踏月残，徘徊无处倚阑干。金陵锁破伤心色，占断苍云几尺山？

冻　花

声声湘怨泪交杂，夜雨急砸打败桠。忍向西风独冷月？断墙冻满海棠花。

乍　寒

冷露沾裳空寂斋，冷阶一夜暗生苔。乍寒莫把屏纱掩，也许潇湘有雁来。

故　人

第几深棂冷月痕，矶头怒雪夜来沉。醉看樱瓣无情泪，洒上鲛绡赠故人。

深　山

翻墨云摧雨莽苍，萧飕铲地叶凋狂。群山乱起伸头看，看我井底称霸王。

夜 半

清笳吹裂满天霜，长短钟滩冷月苍。夜半披衣惊坐起，嗷嗷蜚雁断人肠。

行 路

夜雨满窗谁与听，山高林黑渐看清。满腔孤愤冲天志，不向乌合去处行。

伊 人

飒飒秋霖打冷葭，醉浑忘我在天涯。忽想伊人裙满雪，缘如水月梦非花。

烛 龙

穷发之北气苍茫，大荒独啸夜有霜。烛龙鼻息藏不住，被甚闲人论短长。

银 月

折戟姑苏明月中，郧夷何去起涛声。一钩银雪冷棂上，不语看看幽恨生。

不 忍

起坐相看银烛灰，秋风飒飒夜惊帏。江东犹有未归客，不忍竹篁遮月黑。

芭 蕉

夜残烛裂老寺空，冷听芭蕉夜雨中。只见一盆芭蕉乱，不知秋来多少声。

老 兔

几番秋雨长短亭，疏云淡汉漫滩星。夜独老兔多情极，随我天涯处处行。

往 昔

深夜山鼾雷鼓崩，烛花吼裂替谁红？往昔忘尽休回首，何处楼高一雁声。

浮 生

西风吹尽流年诗，一世凄惶何所之？浮梦犹如冰底水，狂波暗涌无人知。

夜 寒

枯树凄窗独自听，夜风突兀吼悲情。乌啼惊月夜寒重，烛裂深霜布被轻。

痕 迹

抚遍哀筝谁与听，多情往往似无情。善行走客无痕迹，到死无人识姓名。

过 峡

滚滚黑云撩乱湃，险崖狼起夜深埋。恶狼蠢动狰狞望，汹恨猛艘破地来。

高 峡

铮铮铁骑搅汹流，拔地高峡起未休。孤雁横飞黑宇漠，莽云冲荡江湖秋。

树 声

鼓角秋风壮志生，渡江突骑踏涛澎。凄霜忍照华颠老，乱马铮铮摇树声。

无 物

狂飕猛烈霈倾盆，雷撼惊龙滚墨沉。万里江湖浩荡远，莽苍无物待何人？

急 江

惊霄激浪捣狼牙，轰震雷霆摔铁琶。江脚惶惶恐踏乱，排澜掀涌逼高崖。

独 霸

关山寥落洒霖扑，万尺狂潮浪顶呼。秋波冲澹雁高远，单枪匹马霸江湖。

夜 雨

枯树萧萧摇肃杀，弹筌霖脚乱如麻。雷鼾雨呓聒争吵，摧打故乡带刺花。

雷 雨

黑滚吞天八面逼，关山瑟瑟抖胡旗。倾盆雷雨横埋伏，冲宇残鸿突转移。

龙 醒

烈骑横山掀莽洪，乱军哗撞荡秋声。崛龙忽醒昆仑顶，一统嵩黄百万峰。

老 僧

菩提魔语总堪疑，问罢禅经万事迷。天地横行独是我，一生不被老僧欺。

末 骨

老墙霈踏乱如麻，朵朵摧残朵朵杀。一夜萧飕暴雨后，枯枝摇曳末骨花。

水 月

摇落江枫鬼烛幽，商声四壁酿清愁。冷淋水月浑如梦，潭底幽情不上钩。

夜 雨

冷庭万事到秋摇，满地枝残夜雨潇。明灭银窗如雪月，幽幽曾照小阿娇。

悲 吟

不辨狂霖与泪涔，萧萧夜雨正倾盆。老蛩何苦通宵诉，秋风浑不解温存。

萧 凉

蹄裂寒冰暴雨滂，秋风扫荡满天霜。知君檐铁淋铃冷，夜夜不忍爱萧凉。

万 里

断歌凄咽只吞声，愁听萧萧泪纵横。红粉铁戈犹万里，一齐回首望霜风。

匆 匆

宫墙斑驳还依旧，落叶荒摇渭水流。风扫繁华如阵马，匆匆偷换长安秋。

寿春怀古

空忆江陵在寿春，雁归湘浦尽苍云。废宫藤蔓浑裙色，湿雨青青向楚人。

乐游原

唐车已朽更无痕，何况古原驾车人？乐游原上频回首，不由惆怅望黄尘。

青 天

萧林摇抖骇龙颜，仰啸高乾谁待掀？厩里俗驹浑不解，狂骅何苦上青天？

雪中行道

雪满江湖出九嶷，蛟龙啸宇莽苍齐。天地洪荒浑一片，不行不晓有高低。

钓 鲲

不世钩饵北溟间，动地惊天沧海边。不出声色屏息忍，独坐钓鲲五百年。

无 端

高歌一揽大荒寒，独驾孤云俯莽峦。千尺红尘窥欲破，大悲大笑或无端。

虎 口

万陵怒竖撼惊波，雷剑峭崖劈世浊。绝壁倒插险欲坠，云端瘦舰虎牙脱。

偷 渡

黑崖熊望凶狰熛，毛竖萧萧烈飓摇。恶浪掀狂相对吼，片帆偷渡夜悄悄。

瀑 下

风吼萧萧落木深，惊鸿舞罢残泪痕。狂涛万尺雷霆震，爱恨荒唐不可闻。

飞 来

不忍回头一望卿，纵横泪里暗香轻。飞来一树湿梨雨，沾上满身不义名。

未 醒

枯蝉满树唱离骚，万种秋愁搅浪涛。猛雨翻墙君未醒，芭蕉红泪淌成潮。

问 春

倚遍萧凉八百楼，江天云起雨淋愁。问春何在池空碧，去岁沙鸥也白头。

沧 波

深宵一梦到南朝，故垒萧森残旆高。只有沧波从不老，滔天江滚世徒劳。

浮　世

何处君来何处停，江天飞鸟去冥冥。梦中梦世梦无醒，摇曳乾坤水上萍。

秋　雨

江湖往事空烟雨，夜雨萧萧似君篌。秋吼西风入废馆，猛然旧恨上心头。

萧　瑟

破宫枯树两三窠，萧瑟曾经狂舞歌。成住坏空西风里，满池红泫吼枯荷。

残　阳

毗湿奴神今安在？破瓦荒台沉江潮。廊里残阳忽幻灭，死生荒废太疲劳。

无　边

苍藤何处藏老鸦，云雨荒凉在天涯。无边幻灭斜阳里，谁爱众生百亿沙？

空　听

苍生草盖无痕迹，帝室繁华爬满藤。翠被红摆残血渍，空听雨打枯荷声。

无　常

神王死罢无喧哗，锁尽众生也在枷？戮杀罪孽何沉重，终化无常摆曳花？

不 解

池水风回骤散萍，摇荷翻雨乱蜻蜓。蜻蜓逐去斑斑雨，不解荷心万点声。

铜雀台怀古（二首）

其 一

残山新草昔王非，铜雀轻寒雨雪霏。皎皎明月谁呼坠？悠悠鸣鹿向云追。

其 二

任他奸贼乱世评，沧海一笑铜雀青。英雄只为英雄事，草芥且管草芥名。

五律

雨吞天地青

往事

纵横怒浪潮，夜渡乱旗摇。雨脚纷笠梦，风霜满冷礁。
后庭随涩沫，往事啸风刀。飞尽梨园雪，子弟是前朝。

故山

蒙叟终何去，棋局剩一窥。残星纷坠井，芳露冷栖薇。
萧桦兴亡葬，流萤稀自飞。茫茫落叶里，无路故山归。

风流

松月相揉碎，石泉漱耳言。风流吹打去，意气荡来焉。
水鸟窥浮世，清辉下流年。微风吹杜若，夜半立秋天。

空山

空山绝行迹，清辉澹澹生。微云淡河汉，疏雨滴梧桐。
风露残僧满，寒霜冷磬空。半世堪回首？倚杖听风声！

望天

小船风浪荡，云色渡江横。云起江湖白，雨吞天地青。
斜阳如逝水，渔火摇浮生。仰首望天上，笑吾面壁僧。

入　峡

水波冲澹茫，暝色迥苍黄。风啸白潮起，山鼾雷鼓狂。
高崖逐怒浪，乱雁破残阳。猿恨应无数，逼船浪客凉。

歧　路

我今来吊古，灏气起沧澜。生死只石玺，乾坤再汉潭。
秋风扫万代，暝色破千山。歧路茫茫也，岂只行路难？

赤　壁

英雄指北燕，扫荡一何旋？云起天地外，风生万马间。
乾坤掀逆浪，铁锁莽风烟。天意高难问，霸雄只等闲。

乱　火

焚殿天明彻，飞霖洒熠匆。洪荒何自起，江水岂存终？
苍鼠窜荒瓦，萧飕打故宫。灵均天问罢，恨泪去泓泓。

不　平

匣中亦不平，冷剑怒飞铮。往事空高壁，秋风满禁城。
霸徒卷炮焰，举世荡萧声。老月独随尔，奔波第几程？

行　客

行客皆流潦，举头星纵横。尚堪知生死，何必问西东！
浩荡洪流势，莽苍楚汉声。千秋存恨泪，迸洒夜淋中。

当　时

荒野不曾过，青枫打恶波。当时君尚在，曾问月如何。
猛雨闲愁搅，萧飕离恨泼。招魂招不得，岁月又蹉跎。

草堂揽古

沧海孤鸿去，我今揽大荒。老醪沉恨泪，古道吼风霜。
天地皆浮命，秋风空草堂。枯灯燃瘦骨，曾照世沧桑。

夜　行

鸿雁去青冥，悲啼何处声？前朝云构起，故国雨纵横。
边陕忽商火，高陵换秦星。我来人已去，独自为谁醒？

楚　水

不忍听亡言，古来沧浪前。七流棼冒泪，一问左徒天。
风急流沙逝，江深岁月鞭。萧萧幡百曳，淡入楚江烟。

杂 诗

于今我见汝，为谁赋离骚？枯树浪淘起，故宫雨打摇。
酒徒何落魄？齐楚终瑟萧！寂寞身后事，不于铜雀高。

逝 水

英雄投湘水，猛浪骇沉浮。雁叫兴亡断，风吹悲义疏。
流年知恨否？逝水如斯夫。白发终何用，楚今无孽孤。

山 中

独卧斜垂柳，柳色暗吹拂。草树深遮雨，冷山淡若无。
小楼感日起，乌燕入云疏。梦醒如隔世，远陵失去途。

烟 水

孤雁知人事，凄凄过楚天。冷云烟水里，身世雨灯前。
万里秋山远，十年逝水迁。濛濛雨势起，小舸浮沉间。

云 僧

浮云身外起，细雨灭层峦。远近有无寺，高低千万山。
云僧各一半，悲笑也无端。二祖断双臂，始知救世难。

青　山

大道无门入，空门日暮遮。苍苍竹隐寺，荡荡梦击波。

白鹭载僧远，青山去意多。悲歌歌且止，句句泣达摩。

古　寺

澹澹水云廓，苍苍古寺竹。吹笙雨脚踏，弹剑酒狂浮。

银月疾风抖，流星枯木疏。冷蝉垂乱世，高处有狂徒。

斜　阳

斜阳来杳杳，爬上陡峰高。古寺时无见，云峰欲暗逃。

寺僧为世困，罗汉瞪人嘲。槁木秋风里，昏鸦笑世牢。

云　水

楚天长啸碧，来往冷云低。水鹭远无际，众山眇似一。

人世困枷锁，宇天何不羁？苍茫云水里，去路已成谜。

无　端

大道得求索？天涯云雾隔。悲歌愧往圣，落寞背山河。

立命英雄少，斜阳草树多。无端忆二祖，不忍泪婆娑。

长 夜

高树涌鸣蝉，狂涛打冷庵。冰心独乱世，风露满空山。
万壑潮头荡，一僧海上还。秋风吹袅袅，长夜守幽兰。

霜 落

老钟鸣夜半，霜落梦飞沉。炮下人声小，风中尸骨深。
无为愧往圣，不敢恨风尘。流潦西风冷，空门无一门。

冷 风

古纵有李杜，吾亦解高吟。明月照吾志，冷风吹我襟。
故国澄旧梦，天地啸长琴。鹦鹉学痴梦，焉知江海心？

历史上的乱世流民谱（十一首）

流 民

激澜翻苦恨，污血汇流年。弹雨倾荒野，烈雷打莽天。
悲鸿蜚苦海，残月照人间。无以乡音辨，流民万种言。

萧　萧

瘦马频回首，萧萧故国秋。腥飕荡荒垒，衢血混激流。
野火绝无死，苍生应不休。横刀问莽碧，昨骨今成丘。

秋　风

往事空燕赵，秋风又上京。金戈无骨白，粉黛徒苔青。
窄浦风吹旆，破船客避兵。狂霖冲血洗，萧瑟响枯萍。

无　端

西北大风吹，恨霜今满杯。倒戈岂避死，逃弹亦疯追。
万罪吾曾在，无端世更非。胃挛夜阵痛，警我非尸堆。

天　涯

天涯君莫问，非命与鸿毛。苦痛焉能避，死生不可逃。
秋风布褐短，熊焰废田烧。天纵行不义，草民亦阻挠。

忘　身

明复谁人忆，潮渤以北人？我留头曳雪，君去骨成尘。
莽壁风霜老，荒藤岁月深。故乡妓亦有，我醉才忘身。

尘　起

尘起金煌璧，匆匆碎血泥。秋风削塞北，烈火洗关西。
白骨逐涛没，霜头对路啼。奈何天地莽，无处泪堪滴。

惊　涛

惊涛劈桦烛，战火骤雷驰。咳噎吞滔泪，汹嗽灭死尸。
呜呼人万哭，冻死骨残蚀。黄日纵如此，苍生心自知。

太　平

悲哉太平轮，控失拥破门。孕推跌骇浪，票索堕风尘。
宁做太平犬，不为离乱人。末代终无力，眼见莽澜沦。

末　代

徐州鸣列马，烽焰黑烧云。街乱求卖娶，女汹逐溃军。
宁成冻死骨，不做叛投臣。四面楚歌近，臣孤子孽深。

东　流

雄阵飞天险，万师几剩存？战壕埋死骨，郊野招亡魂。
尽付东流水，相残南渡人。太平轮上死，轮下恨何深！

七律

云山不语向俗人

雷　雨

乱翻槲叶倾山海，雷鼓摧蹄走月来。江势劈头日月掩，风霆倾耳洞庭开。鲲鹏喘息人间在，天地动摇楚汉埋。人类终绝焉不朽？仰天长啸不明白。

观　潮

飞迴秋云惊雁避，树稀万里待潮观。乱林动荡失颜色，啸蟒高低捣险滩。醉客痛歌雷鼓裂，秋风乍怒宇天寒。沧澜铁马勒不住，烈烈狂潮解戾鞍。

江　流

狂澜骇浪入怀抱，万里江声猛一收。罗网空悲高眼界，浪沙混作大潮流。宇天杯里星谁饮，兴废梦中浦怎秋？终古英雄皆死尽，废丘多少葬王侯。

隔　生

不尽蹉跎醉醒中，故国重见已隔生。古今志士开平梦，天地竹篮打水空。江海行藏怀往事，逆澜击楫啸秋风。绝情又洒痴情泪，没齿不忘切齿声。

秋　河

倾泻雨盆山海荡，枯枫寥落飒秋高。翻礁淘浪滩声转，回首秋风树影摇。鳞甲旗云昏日月，苍藤雷雨走螭蛟。莽莽丘山雷霆覆，埋尽英雄意气萧。

沉　江

乱雪千堆吹不平，大江一怒啸天明。乱云苍莽入怀抱，绝壁横秋对宇星。
桃萧白帝鼙擂恨，梦醒青山雨冥灵。八阵瘦驴江底梦，悠悠天上似云行。

浪　游

狂澜怒起扼咽喉，梦里潮生吼不休。星汉动摇垂冷夜，广寒飞举下激流。
铁笛吹裂长风起，啸马歌残冷月幽。攲枕客舟眠不起，山猿寻钥上天游。

赤　壁

逆风渔火浪声回，寥落山河秋雁飞。秦时明月悲不得，魏武青旗风曾吹。
浑闲多斩凄凉事，老去怕追落叶堆。一场大梦一场火，万里火焰万里灰。

萧　秋

炼石惊梦天砸破，潇雨长吹古渡幽。掀浪腾黄摧古壁，乱帆阵马飒洪秋。
登高无见抵狂妄，求索不得怎罢休？青史不敌一爵酒，功名自古尽荒丘。

江　左

重来江左觅鹦游，云雾纵横十四丘。战骨寒潮冲尽恨，枯荷夜雨滴成秋。
笛吹清苑摇竹瑟，月吐秦陵野雁悠。万里长袭萧夜雨，千艘曾系无常流。

江　暮

远天暝色望茫茫，寥落江天雁几行。一鸟逐云迷水雾，千山入雨透斜阳。
六朝人去秋风起，千古苔生恨水长。渔唱悠悠何处去，机心久忘没荒冈。

关　河

气吞云梦雨萧萧，反顾夷陵恨似潮。沙场蹄摧雄灭尽，衣冠丘废梦沉消。
银钩横冷掩幽恨，碧宇苍茫更寂寥。千古关河犹昨日，西风独倚正无聊。

秋　笛

秋笛吹断月风清，万里关山玉蟒星。雪满白登残马啸，弩飞陵道践尸平。
好战必亡千古史，居功总失半生名。月吐长河苍入梦，银湾醉落逝狂霙。

关山梦

秋风吹梦寐何堪，卷我忧思上广寒。捣碎千砧摧冷魄，荡激万帐吼关山。
从来天地感怀远，何道英雄行路难。多少醒来啼在耳，残更还愿梦中还。

秋　思

西风朔雁古胡天，前代王陵易海田。猎马啸原沙飒涌，流星垂野雪纷兼。
一芦横管吹半世，万里霜天又十年。可教千军银汉捣，因风碎落汝窗前？

冷　月

秋风起兮夜乌啼，万木摇摇守不离。天命由他行不义，狂徒舞罢混尘泥。
无名久被蚊虻笑，不知从来奥义欺。惟望多情残冷月，随人孤浪随人凄。

奈　何

草莽英雄皆此过，狂涛骇浪打奈河。奈何桥板今腐朽，空悔鸿泥未记得。
岂窃世禄惜存日？何求不朽啸高歌！武周一代今安在？空有荒碑无字歌。

剑门意

汉柏森荫秦栈老，昔人鹤远此苍凉。萧峡剑气随鷹雁，落木秋风荡月鲎。
岐野金铎空蔓草，妃尘红荔寂凉墙。夕阳无限发幽涧，今古兴亡淬未央。

难　眠

如今寂寞高如我，岂复闲游芦苇间。荷畔摇红抖夜露，灯边暗雨碎秋烟。
西风有怨隔山海，恨水无言听杜鹃。何必楼前如水月，故人不见更难眠。

故　苑

盘根枯柳老荒城，独觅秋郊草木踪。冷露盈盈薄终古，清辉澹澹荡残生。
泪横星汉听滩转，步误兰蔷揽苠芃。夜月澄澄飞故苑，遥遥可照小楼中？

飞　星

玉蟒盘空天荡裂，舞霙飒坠冻嗔江。翻盆乱脚雷霆斗，啸宇稀森铁骥狂。
斓藻灰浮殷影落，楚台泯灭草碣凉。老枫千古流星透，澹澹波临碎月樯。

江　礁

昆山玉碎冷蟾淹，石炼黑霆动啸帘。狂肆龙蛟逐踉月，怒翻烈雨碎洪巅。
九星礁散归潮雪，残雁风生荡宇天。月照楚宫谁濡泪，砀纹怀梦夜笛间。

幻　沫

潇潇夜雨月风清，孤踏银铺向此行。众岫弦弹奔飞撞，稀松影乱射哗银。
荒翡冷翠横星蟒，夜蓝宝石掠流萤。万古兴亡一幻沫，一樽饮尽多少情？

孤　月

秋风万古起枫声，六代歌残玉树空。沧海还能容异类，乾坤休作窃名公。
透松星荡滩声转，乱雨宫摇往事峥。商女琵琶何寥落，前朝诸事月孤横。

杖听雷雨

蟒蛟百万嚎奔撞，惊溅煌涛乱烈帆。炼破砸石狂雨泻，雁啼搅梦暗飓顽。
黑狼夜渡残轮堕，星汉山摇猛雳鼾。北风江上独一客，杖听雷雨过江关。

秋 风

秋风莽莽卷云摧，震落星河壮鼓巍。城踞枯根皆堕废，风吹渭水竟空追。
倾山摇海鲸横撞，击水擎天鹏怒飞。满座人哭知何故？夜鳞拔刺不胜悲。

乌 蒙

铁索飞横夺月高，狂澜怒飐飒霙薄。纵横蛟走雷霆荡，上下魂摇骇浪滔。
身作尘泥守志意，心如鹏鸟蹈黑霄。君莫愁此黑云路，惟那坚心是宝刀。

秋 塞

冷银飞射水晶帘，马踏星榆万里天。万帐摇灯纷雪梦，秋风烈喇乱蹄巅。
贪欢梦里还千遍，大散关头又一年。铁马似水嘶无迹，一帘风月与谁闲？

孤 山

一拳打碎乱星开，天地年年待我来。虎啸残风半壁起，鸡啼一梦九间白。
冷山万里回声荡，莽野孤骧邀月徘。徒踏腾蛇桠月乱，高悬笑那糊涂才。

飔 梦

棘丛暗挑青灰月，窟冷秋狐啜叶悲。摇蔌惐哭微绿荡，野湟独语漫白徵。
秦蛟吞吐枯竹死，雪驷披霜飔梦飞。明夜孤骧思忆处，犹隔千里万山巍。

隔 江

潦荡浮萍一片秋，菰蒲零落野风飕。锈钟雨打侵残梦，萧棘月灰挑暗愁。

流星轮转伐思木，往事无老涌心头。隔江之人今老否，冷雨又犯浪西楼。

荒 海

落木萧萧西风起，雷霆一派蹈山河。萧飕飐水如旧恨，月浪荡山似网罗。

起望夜长终冷眼，彷徨命短且高歌。只投乱沥犹重见，何奈芭滴秋雨多。

旧 情

夜来独上冷滩荒，汹浪江头势莽苍。砧杵乱砸如水月，哀鸿啼破满天霜。

江雷鼙鼓埋沉恨，逆浪残烛撼古腔。子夜人来梦未醒，芙蓉舟去已成殇。

寂 寞

铲来客梦卷西风，潦醉老僧误夜钟。夜雨萧吹惊醒梦，风雷扫荡乍沉空。

万山残阙斜阳里，千古英雄草莽中。试问芒鞋何寂寞？十年风雨十年灯。

冷 滩

冷滩醉客荡孤身，骇浪船摇旧梦深。绝壁浪冲风雾起，暮钟雁叫夕阳沉。

他年残酹之中恨，今夜黄河以北人。鼙鼓风雷悲黯吼，声声吼哑笑无根。

踏 遍

踏遍江湖寂寞身，纵狂欢笑亦无魂。残烛青史两行恨，夜雨江声千尺深。
昨与幽人醉酒地，今听笛管泪襟身。而今终到枫红处，曾以山前是两人。

匆 匆

匆匆花落匆匆老，匆匆雁去几声啾。故人残像泪还忍，风月满窗岁尽流。
世恨夜听两屐雨，人情花看一庭秋。松风淡月夜独饮，世事梦空莫转头。

夜 行

零星幽恨绕关山，袖挽银河洗铁鞍。夜坐听风悟月老，横行踏雨想天残。
惊惶碎梦才八九，醉笑堪言直二三。欲灭人间不死焰，天涯且起恶汹澜。

相 忘

辗转枕湿不复想，枯枝凋尽夜风凉。徒由新爱忘前恨，到底无谁是故郎。
草木万年人腐朽，江湖一忘月残荒。生而为人荒唐梦，死必做鬼楚霸王。

惆 怅

独驾铁蹄到塞边，胡笳吹裂满霜天。千家青史几张纸，一世狂名多少年？
老去怕翻流水账，秋来惊识镜花颜。对天莽莽何惆怅，狂啸一声岂空前？

流年

狂弦砸乱夜独醒，凄瑟请君侧耳听。万象重叠谁是我，百般滋味竟深冰。

从头今命转前世，到底浪欢非故情。摘尽流年一痛饮，星辰满袖天边行。

秋树

秋树萧萧摇夜雨，秦宫荆棘换桑田。沐猴竖子峨冠耸，指鹿公卿玉指纤。

豫让桥头生死外，首阳山下草薇间。胸头五岳堪平地？狂飓削来也等闲！

横刀

抛尽头颅挽浪茫，九间莽莽已沧桑。鬼门关下狂来死，豫让桥头慨且慷。

裂胆擂心对野史，横刀白眼向穹苍。举国尽在秋声里，千古英雄泪满裳。

吴宫

萧萧往事荡无端，风到女萝总不堪。万里鞍归春恐晚，千门江锁路行难。

摇秋极浦青枫起，照泪吴宫翠鹧寒。燕子飞回人不见，徘徊无处莫凭栏。

客怀

青廓孤鸿荡去茫，凋枫萧飒尽凄惶。湿帆楚浦何寥落，云雨梦泽剩莽苍。

我记泪中非半世，客怀夜里隔三江。悲歌未彻吼霜起，触手人间更冰凉。

烈　风

烈风骤起荡高荒，破宇炼石惊堕江。雷雨一生终有尽，狂蛟百万恐无降。

灵均问罢天难对，魏武挥鞭海易桑。流潦稀星吹不去，秋风夜夜打故乡。

一　舟

骇浪船摇逐乱流，风雷快意吼无休。沉吟半晌王朝变，长啸一声天地秋。

六代青山犹飞雾，七雄白骨尚盈丘。云公休问应失意，醉梦洞庭一叶舟。

空　庭

黑天寥落起残鸦，茅草翻飞雨脚麻。满院不闻今改世，空庭还发旧时椏。

年逐逝水浑犹汩，马踏春泥半是花。萧瑟森枝龙蟒摆，一时回首向天涯。

凉　殿

凉殿西头换桑田，归来老雁霖铃间。故国七点八滴雨，终古一代几流年？

斜日荒凉春冉冉，汉陵寂寞草芊芊。红尘千尺吹不去，何故总沾薄幸翩？

终　古

乱鸦终古荡黄昏，都是无边幻灭身。萧霈莽天摧阵马，故宫满地起秋尘。

兴亡滚滚冲沧浪，爱恨匆匆深寂云。谁使桑田浑变了，不教残暮向西沉？

望 远

芭蕉雨打潇潇下，猛搅客愁难夜眠。楚浦高低空舰影，秦淮远近入终年。无凭往恨涌林樾，不语昔侯寂水田。七百长亭七百柳，几时青青到君边？

望 眼

孤雁无踪逐远波，天涯湿透苦何多？无穷望眼无穷恨，不止兴亡不止歌。我笑青山难解脱，青山笑我易蹉跎。鹧鸪总叫行不得，行不得时可奈何？

夜 雨

夜雨踏来不世弹，萧萧雨脚往千端。独堪醉里忘深恨，生憎易中是轻寒。飞尽劫灰重万古，荒凉云雨隔千山。江南春草烧不尽，埋没英雄尸骨残。

灞 陵

鲛绡织泪赠君存，笑指孤鸿流潦身。乱世觉生劫里浅，灞陵哭柳雨中深。天涯醉醒迷归路，沧浪汹滔招楚魂。嘶马三更行不去，几番回首泪如尘。

出 塞

醉酒归来笑复斟，关山铁马寄狂身。再圆非复今宵月，重见还应此世人？鱼龙往还掀浪起，螭蛟腾堕乱旗昏。声声迸碎芙蓉泪，溢浦琵琶不忍闻。

玉 树

繁华洗尽兴亡去，玉树歌残剩我执。百代尽随流水去，六朝只有落花知。
乾坤日夜汹澜涌，星汉动摇泪眼湿。满井落花深浅里，原来老树最为痴。

采 薇

我俯九间何似磐，梦泽云起气苍然。浪淘枯树亡国恨，暮破残关举世难。
一晌梦中贪醉酒，千年局外烂柯山。以暴易暴无绝断，何处采薇又一番?

坐 望

坐望乾坤灏气中，六朝烟水起濛濛。了无马迹青苔寺，寥落风尘碧海僧。
残水鸥投烟不见，空山人去雪无声。昆仑一万年一青，才见石头醉眼醒。

江 澜

难禁终古是轻寒，万里江天一雁还。望尽兴亡云莽荡，坐来天地气苍然。
狂澜骇浪送今古，细雨春帆下水滩。灯火摇如身世恨，客愁寥落打渔船。

空 山

道于身外复何方，无数青峰渡水茫。白鹭空山人杳杳，青苔古寺竹苍苍。
徒听终古石泉冷，空数萧骚树雨凉。欲返红尘失去路，披云直去水烟荒。

江　潭

如何身外作浮云，莽莽风烟处士林。水鹭无知窥下界，云山不语向俗人。
大江帆影逐飞鸟，终古斜阳照肉身。零落江潭鸥莫笑，往来秋水也无痕。

末　路

浪淘枯树兴亡里，往事年年扫故国。迟暮船随返照去，千山雁荡风烟过。
肃清四海孤臣老，寥落江湖失意多。潦倒英雄休自弃，高岑白鹤引悲歌。

青　山

可怜英雄涕泪垂，难闻大道易成灰。且观苦海多名利，休向青山问是非。
入世归来扑雪鸟，飞天乘醉饮风雷。狂徒多少难平恨，掀起横澜只竖眉。

烟　雨

人在千山鹃泪中，苍苍烟水冷迷濛。乱山吞雨参差没，渔火摇船次第生。
有盛无衰非大势，万钱不卖是鸥盟。孤蒲零落秋声咽，笑指船儿荡此风。

世　路

灵均侘傺落江潭，绝命从容老比干。秋水三千且大笑，斜阳一半旧江山。
天颁大任斯人在，众耻高节苦厄寒。世路悠悠休反顾，秋风袅袅守幽兰。

古 寺

澹澹清辉云水冷，荒碑古寺雁悲鸣。坐忘生死红泥寺，指点兴亡碧海僧。
远树全浮犹醉酒，水鸥相傍不知名。晚钟杳杳忽朝暮，潦倒平生何谓平？

起 看

青枫万里秋浦远，萧瑟满林听啸琴。夜揽古今如大梦，起看天地入怀襟。
狂来何惧千夫唾？坦荡焉辜一世心！始欲变节惜愧志，激流漭漭自行吟。

浮 世

汉柳江潭飞绿棉，青青何日到君边？千山云水浮沉里，万代红尘俯仰间。
白羽谁持澄宇内，金陵气尽作云烟。泪干碧袖听红鹈，天宝琵琶有谁怜？

惟 哀

惟哀天地无穷止，不忘鸱夷沉水时。飒飒秋蝉浊秽蜕，茕茕日暮欲何之？
茝兰独皓杂芜见，松柏后凋寒岁知。冷露满身终不寐，远山相访老碑石。

怀 古（六首）

其 一

烟骊苍翡片云飞，翠木江石寂寞回。骑火红尘妃子笑，猎旗荡树渭江吹。
金戈鳞雁销蚀锈，铁阵残旗已成灰。地下秦陵兵百万，谁为陛下守棺碑？

其　二

东来焉备两皇臣，巴蜀终沦三等人。铁马秋风摇乱旆，横戈竖戟聚离魂。
断粮孤寡倾国战，老蜀饿农盼法焚。政治不谈论道义，谯周从此断奸臣。

其　三

车驾古原怅复狂，狂来复恨复彷徨。英雄何奈空执戟，竖子无端成霸王。
岂可妇仁鸿宴效，怎无天日未央戕？丈夫若不逢知己，潇洒漂泊岂惨亡？

其　四

山上暮钟荡莽苍，夕阳无尽落咸阳。一生一日成三世，七进七出是霸王。
死去史书竟多谬，生来离距已何茫。大风歌罢笑刘季，死后被谁校短长？

其　五

风吼长安噩梦埋，夜来无处可徘徊。英雄求死别无选，禽兽欲活苦惧猜。
是鬼是人是怪邪？且悲且怒且狂哉！一入阿房栽欲种，豪杰多少不归来。

其　六

也似左徒天问终，江湖秋水雁无穷。依稀柳曳楚吴色，浩荡江流魏晋声。
生欲横行如草莽，死犹歌舞笑英雄。销沉万古向何处，铜雀秋风片瓦空。

古体

碾作尘泥志不移

绿　窗

花影，绿窗。菡萏，红娘。秋雨，凄惶。恰好，模样。
倾国，倾爱。岁月，人老。夜凉，多少。梦魂，不到。

复上楼

复上楼，满眼伤心碧。残壶酒，难浇恨，天涯去。
复下楼，啼红雨。淋罗帕，流君去。流不到，君须记。
贪醉死，不愿起。秋波凝，幽情许。秋灯冷，对无语。
秋风里，离人去，风吹雨，草草语。

泱　漭

泱漭其水，涉之澹冲。不见君子，我心忡忡。
我心非改，汤汤沮艨。所思君子，白露沾茕。
岁月奄忽，浩水汹汹。所志邈极，彷徨汉东。
又见秋水，其雨濛濛。隔江之人，在雨声中。

鹫　鸨

鹫鸨秋高，百草摇起。深林青黑，枯窠残儿。
鹫鸨沥羽，直欲突取。颤枯枝上，高窠焉惕。
鹫鸨猾险，窠壳陡袭。雀老展怀，以守幼羽。
鹫鸨啄裂，欲啖休兮。衔食慅远，救饿母兮。

涴源

清渚涴源，悁悁立兮。有美湟塘，娇如鸿兮。
惊为谁怿，怨怨欲语。唇濡休闭，木已堕兮。
秋沱涴源，憬憬望兮。有美湟塘，羞首低兮。
乱蛩疏雨，行经两屐。独上畦汀，独下弋兮。
空浦涴浅，汩汩流兮。有美湟塘，随风逝兮。
逝兮逝兮，菡萏红离。不复滂季，不知何已。

芭蕉

夏雨低回，望来杂兮。乱蕉舞绿，频频枕欹。
芭卷且大，往恨载兮。载恨难续，倾覆悲泥。
芭横欲闭，潇潇其雨。不由胡语，此间微密。
愁来何处？冥冥幽黟。问之不得，且身负兮。

殷雷

殷殷其雷，阴阴其宇。望濛其雨，挽子此兮。
殷殷其雷，阴阴其宇。即天不雨，我不去兮。
绿衣濡兮，怀人遐兮。何为自苦，使我心凄？

澹澹

澹澹秋水，澄澄天地。所恨古人，我不见兮。

澹澹秋水，汤汤意气。所恨古人，不见我兮。
高岑沧海，风骨荡立。英雄草莽，尽出其里。

潦 萍

秋风乍起，潦萍离离。君子不见，所隔千里。
秋风乍起，潦萍凄凄。沉菀莫达，长叹嗟及。
中夜徙倚，安得忘以！如歌如咏，如肤如肌。

嘉 树

嘉树逾户，依依其绿。喑喑其地，有所望兮。
天地以泣，使藤青萋。淯淯其宇，有所思兮。

子 衣

皙皙子容，青青子裾。乱如霈雨，搅魂梦兮。
迟迟子屐，凄凄子衣。煌煌子眸，乱我心兮。
食无味兮，实多苦祈。不能寐兮，中夜徙倚。

早 燕

早燕于树，其鸣哀凄。歌于我兮，永世志兮。
子撩其羽，示我伤兮。温兮润兮，忘此世兮。

云 鸟

世何苦多，何求不老？鸟徙万里，何来逍遥？

鸟愿为云，云愿为鸟。所求杳杳，使我心槁。

倾 盖

窈窕淑女，采其荇菜。傍于秋水，故为倾盖。

斯身长在，斯恨长在。我身乌有，何生憎爱？

空 山

风雪满空山，徒劳抚横琴。霜风吹云远，其上卷我心。

空山何寂寞，栈客日日新。天下无知己，独倚最古荫。

淡 木

茫霭天际起，澹波万里平。秋月淡水木，芦雁落霜汀。

江渚草何青？多多如我情。如此易失去，不见流月影。

两岸猿啼静，流年倾冰瓶。人间本幻影，浪子携风清。

使君知

春去冬将至，犹君鸿爪痕。怀里恐不紧，满袖冷空芬。

荧惑终不转，星辰满泪痕。于我未失语，记我爱何深。

下　弦

红墙月飞来，墙里沸笙乐。墙外苍生雪，与梦俱明灭。

吾残世腴圆，吾圆世残缺。霜里苦不语，每望下弦月。

怜　荷

凄荷摇薄香，摇曳愁波绿。枯荷犹垂泪，昨夜红颜洗。

翠被浮秋水，血凝血散矣。笑我怜枯荷，身亦秋江里。

生别离

江天黑千里，瘦马鸣不已。云水失归路，千山灭细雨。

江波茫茫白，莽苍风烟去。雁荡浮云里，萧瑟秋风起。

风恶一灯红，君衣未裁取。举头望飞鸟，与君生别离。

各自轻衾冷，枕上露水凄。梦醒隔山岳，山岳千重聿。

湘水船

暮色入千山，水鹭飞筏起。浮光动荡里，秋水流年洗。

江上有乌篷，船女污荡涤。日为船家妇，夜为船头妓。

衾冷残灯黑，往来客熙熙。其夫于江上，闻之辗转里。

一夜夫酣醉，不识乌篷矣。入舸见其妻，相对知何语？

湘水茫茫白，失路云水里。盈盈远船歌，闻之多冷意。

古 意

函谷徒至今，万里莽秋云。秋风又萧瑟，何处悠悠者？
阳关日暮凉，低草现牛羊。万里牧羔羊，歧路何茫茫？
不可由羊语，羊语传真理。不可察羊情，羊情不逢迎。
不可顺羊意，羊意吃人厉。不可求羊主，羊主吞如虎。
不可存羊心，羊心灭帝秦。呜呼牧羊人，何苦恨斯深？

知了歌

知了叫知了，何事君知了？狂风猛雨厉，夜夜聒悲叫。
五色使目盲，焉如寡淡少？五音聋双耳，不如天籁好。
五味穷舌快，不如只填饱。何必慕闲适，我独欣苦劳。
富贵又如何？见惯不觉好。荣名终何好？瞩目添烦恼。
斯人求功名，功名误其老。青山何杳杳，茫茫是歧道。
空悲眼界高，敢怜天地小。知了叫知了，恨我徒知了。

雷雨行

四百八十寺中愁，徘徊无处上高楼。月浪冲天倾海涌，绝壁湿悬冷银钩。
银钩千古吹不坠，龙鹜澜池狂击霈。无归铁马踏随冰，夜汹波涛搅梦碎。
残月幽恨恨不休，万古冷霜满天愁。冷魄几曾照往事，今夜浦上谁悲秋？
波涛乱马荡汹风，黑云摧宇苍月升。踉甲孤舟逐月远，瘦蛟翻舞寂寥中。

万里鼙鼓声震威，星逗烈炉啸风雷。星垂霜汀迢雁飞，月吐急珠跳霰归。
楼外风吹月色寒，雨灯摇落夜阑珊。片云飞青江天阔，呦呦野雁掠银湾。
夜夜冷潮返礁畔，不知征棹有谁还？笛彻月下风多少？惟有一月一海山。

胡笛幽恨行

铁马流星踏裂霜，羌管寥亮月苍凉。犹犹何处发胡笛？毛棱有恨吹不齐。
笛声滔滔沧澜起，一泻平生不得意。铮铮铁马齐鸣啸，瘦死冷霜无人惜。
幽咽若唤悬壁来，影对成三各徘徊。月浪驾风和恨歌，愈飔愈乱星寥落。
小楼之上霜风吼，风摧轻裳冷颤抖。曲渐凌乱声渐悄，夜愈深深吹愈潦。
独倚寒壁孤垂头，一地霜魄满天愁。笛声犹在冷银河，万里秋风吹大漠。

酒徒歌

星蟒垂天月色寒，银马流星破玉关。搅碎风波万里去，一浪凝成一海山。
黑云摧月苍升岸，玉潺一片出关山。万里萧飒皱霜海，飙逐烈骓长剑澜。
席挂山倾海动摇，残星万阵各寂寥。四溅琨珠乱舞飞，壮鼓角下星河巍。
风吹万事皆成空，捣来搅去又西风。秋掀巨浪吞冷魄，浴蟾泻水明珠落。
狂嘘樽坠满美酒，冰珮沉浸杯底幽。一斟饮尽九间恨，千醴遍混满天愁。
杜康万千犹可解，葡萄杯里夜光窃。幽恨翻搅成滋味，混入狂涛看不见。
曾谁霙吹衣满雪？西风百战身名裂。一声愁绝霜苍白，风雪万里天上来。
骋龙驾月长风里，铁马兵车滔滔洗。酒酣明月也倒行，独啸苍空何无情？
但愿一醉七千年，满天孤月冷无言。古来饮者也死尽，狂徒何必留名焉？

天涯冷夜光

君不见猛虎一声山月高，秋声飒飒树动摇。

君不见夜琥凄冰荡万里，欹枕童僧梦未了。

雷霆擂鼓唤不醒，卷碧山浪风月清。烂鼾何一梦里去，何梦梦空思月明？

摧残梧桐叶，残更月如雪。银铺满地霜，剑落玉龙光。

秋声搅离心，搅乱幽兰惐哭音。寒蟾坠空寂，高悬冷如冷冰银。

冷巫峡猿哭人肠断，满天愁朦浸孤舟畔，一支芦管。

春秋梦沫多少长叹？依旧潮礁星河散。

铁马摧阵裂，冷匣血凝寒。黑猪暗渡风雷惨，沙场战罢月如丸。

但有霜魄千古在，莫遣匹马徒徘徊！且肆大塞！

古秦铁关狂欲开，一樽汹澜何处来？横流沧海。

一夜秋风可长醉，旋山四壁耸相对。雨脚砸落又笙吹，酣狂喝月从天坠。

君知否烈啸袭襟最解瘾，痛快冷透长衫穿裂心！

君知否世人俗目最无谓，且独惊龙起狂笙沸！唯我欢心贵！

长恨且裁断，铁马铮铮吼夜半，悲风吹痛铅泪满。

琥璧随掠蟒，嫌弃人间何丑烂？

可笑红尘斩不断，醉来东把玉盘揽，泓泻金樽万里波澹澹。

从此皎洁银浴月，冷垂月水泻。乱溅无数凝紫珠，跳洒四海各孤独。

君不若远古霜白冰蟾月，一回残圆一风雪。

君不若玉钩下弦自千回，冷照人间万种悲。

荒潭挣扎千百次，终冷看竹枯芙蓉死。

宁愿湘云馨兮梦不醒，冷落簟纹有泪痕，到底梦里梦外谁我也难分。

鲛翻珠溅逐月荡，冲刷礁岩沧星浪。
黄鹤走清秋，一去不回头，空留玉蟒冷汉幽。
天涯夜光还呜咽，千古铁骧啸苍凉。
万里挥鞭战场关河今冷落，一声清笛谁在牧牛羊？
更堪问咸阳古道，新了萋芳！想人间爱恨，也算悲凉？
冰浸飞射秋碧里。君不见一钩冷月，万里茫茫！

不世歌

君不见夜撩痞寐忍不安，忍之不得拔刀狂；
君不见铁马狂蹄铮陷阵，断古长啸突擒王。
夜沉阴滚狂压喉，戛然猛胆裂疾飕！烈雨滂溯激浇愁，骤霹石破砸血洒。
骇魑逃狈魈魅抖，削碎关山仰痛吼！扶摇直上铲雷霆，欲腾躁踊驾忍鲸。
萧飓杀梢覆洪荒，不世狂徒恨满膛。枯树萧瑟摇悽栗，八壁鬼荡垂冰啼。
野蟒鸣啸打地皮，猛狮过江忽猾疑。乱澜汹涛崩奔嵬，蛟皇熛怒堕掠雷。
急蹄黑野全踏碎，震尔琥璧从天坠。请尔异响萧投地，看我怒来拔剑威！
我不拔刀三千年，潦涯霜雪摧我颜。拔刀即雪举世耻，绝崄誓斩苍龙死！
断舌鼠，丧胆猬，身未死，心岂死？随我带刀关塞走，腕底乾坤死生守。
破匣铿肝怒欲飞，摇地惊霄起杀贼。男儿忘身鬼门关，为众生死冷月残。
东有霸权眦欲裂，擂心渴血恨洪泻。骷髅万里血掀涛，共恶蛟战阴风号。
关山冷海魂夜渡，断脚幼老炮轰怒。百万家国夷黄土，百万里外吾狂顾！
君不见飞磺烈焰在霸徒，夜掩冤魂乱世哭；
君不见铁雷弹雨摧败墅，裂痍无数摇动物。

君且去，休回顾；吾且住，心如虎。一掷万金为宝刀，斩我不平还我豪！
败枝残叶满地走，惊起夜半惊回头。雄师尽带黄金甲，铁马突啸来天涯。
衔枚骤袭破敌邪，定睛喟叹秋风烈。堕木狂奏涌入梦，夜残有恨无谁省。
不恨天地早如此，愤发高歌犹未迟。

夜半歌

吾曾骑蟒击雷雳，狂嫖试手补天去。黑漠破裂筛漏雨，岂足浇我狂焰熄？
怒拔龙潭三尺剑，挥潇震彻鬼郊黟。鬼母嗷嗷血淋漓，魑魅胆丧狼狈避。
野林萧瑟关塞黑，狐鸣飕捕破棘密。忘身杀来绝崖劈，鬼神四壁皆惊起！
为笑孔丘学接舆，举头长啸凤凰曲。悲风对啸夜铜吼，带刀横行天地里。
世人哗笑吾狂语，吾歌吾笑来如飓。轻尔玉珂斩龙子，一言不合弃如鄙。
披头散发出门去，昆仑顶上无人语。俯指九间人如蚁，不见吾狂射天宇！
深藏不住烛龙息，被甚闲人长短讥？庐陵尚且畏后生，竟比欧阳高何许？
江湖秋水掠鸿泥，千山痛啸无痕迹。蛟龙一夜得知己，割尽鳞羽为君记！
乱鸦惶逃天如漆，野林动荡惊战栗。君携芭蕉落荒去，君渴炽爱又深惧。
留君不得君欲去，吾心空洞深无底。从此森湟萧怖地，夜夜黑郊吞声泣。

夜听江声歌

芒鞋走马江边停，我叫秋惊天不应。崩石狭浪击枯木，野魂飘忽巫山顶。
野森狐啸夜黑破，千山秋入雨中青。野飑忽吼卷长亭，长亭摧罢吹短亭。
百姓惊骇乌飓起，恶蟒飞出必辱凌。纵火劫杀伪贼匪，败壁苦雨无残丁。
夜化九间来扰乱，西郊嗷嗷野蛇精。慑妇胆丧金玉抛，卷下龙宫享王命。

高澜滔滔洪激陵，滂溯拍壁掀来听。鬼谷魂返皆跪倒，泪满秋裳无计兴。
鬼谷假冒诓横财，关山寥落欲神请。竟望还有救世主，不信唯我是英灵？
藏草骄雄不可欺，火星爆起熊烧劲。竖子到底谁身挺，怒士举枪搅涛定！
座里白袍冠霜冰，江底哗然满座惊。汉水萧萧犹膻腥，恶浪滚滚捣雷霆。
何汉砸裂铜琵琶，关西铁板拍乱砰。响雷飙摇耸入耳，烈风熛雳欲挥兵。
荒流急泻莽难平，隆轰雷鼓炸悬鼎。螭蟒惶逃蛟惊避，沉船碾碎鬼老醒。
乱石砸烂龙王宫，夜醉摆宴不知情。破壁飞瓦劈头砍，血满盘中珠未瞑。
一颗龙头值杯水，转眼抛街混臭鲆。一夜飞鹰弃乱岗，烧成土灰无人惺。
烈男试手擒龙死，龙角横生烈男顶。恶鳞满身乍惊叫，惊变恶龙金璧庭。
碧翡宝刀迷红眼，江上作恶索性命。来日更有英雄者，恨屠尔亡染河腥。
却变恶龙复恶行，又有英雄心不平。屠恶龙者成恶龙，往复来之无安宁！

薤露歌

黑风八月飑驰萧，雷霆折铁猰狳嗥。枯枝破瓦惊避逃，狂飘横来窜荒草。
飞茅高拗问九霄，逃潦仓皇旅客少。霹打电击腥秋高，远有瘦骨支饿貌。
青筋突骼崩欲裂，饥母未老苍然面。深渠凹皱勒满脸，牵子踉跄到肉店。
高台吞声泣苟活，树齐动摇为挽歌。一叠旧钞予饿婆，弃子呱呱悲婆默。
猛汉恶捆蚱蜢形，糙绳贱肉有姓名？嗷嗷霈潸不敢鸣，众凝泪眼恐同龄。
客问血鳄肉腥否，店主摸出好肉走。子方丢至下锅熟，烂糜牛骨混骷髅。
陋蓬摧抖夜雨冷，饥肠辘辘缩毛等。幼男转眼惨烘烹，一碟血鳄热气腾。

鬼龙歌

古壁鬼龙惊剥起，湿梁摆尾夜飞去。顶月浪冲高宇破，滔滔沧澜狠掀宇。

银蟾翻盆泻如水，夜璧落罢乱星滴。俯仰无物莫得意，乍雷猛堕深潭底。

举头痛吼终何用？泥甲绳鳞难挪动。污泥窒喉眼暗黑，冰漆水冷冻僵劲。

几欲腾挪深陷中，万复挣踔枉铁铮。骇天浮名昨在耳，金鳞煌甲尽葬空。

铁链万石勒崃崖，悲呻痛吟断续杀。夜深迸血脱铰链，黑风熛摇打血甲。

欲腾冲踊遭踏跋，火色炼熠烧泪哗。高霄炸破爆飞瓦，猛炮烈弹疯如麻。

乱枪扫射横茫霈，血鳞飒雨嗷裂肺。莽莽惊波浑炼炉，惊避难躲逃狼狈。

腥风激狂震骨碎，黑猪巨弩劈疾雷。满身疮痍血直流，腥血染红深潭水。

漆灯秦王惊忽救，秦王跃上骑龙虬。潭底冷匣鬼眼赤，匣藏宝剑隔千秋。

骑入渊底老鞘抽，风霜哑吼涂银锈。擦尽蚀锈何风流，狂如凶狃煌如昼。

突破沼潭满腔拼，汹汹火蛟喷烁磷。秦王挥剑斩雨脚，扶摇直上欲飞擒。

飞擒顽霸在雷殷，铁鸣铜吼气森阴。列魔摧欺曾何惨，噬血江渠夜鬼吟。

醉喝乌云急倒行，镗镗鞳鞳满青溟。苍龙呼啸骇涛撞，鼓鼙万尺滚难平。

霹雳咆哮百万兵，几人生入死凋零。鬼神天地久低昂，烈士漆炬死不瞑。

劫灰飞尽又恶灾，血溅满街黑牢歹。狰狞嘴脸不曾灭，尔许太平何时来？

泪里每弹鬼龙歌，恶浪狂澜抱满怀。虽不曾见黄河水，澎湃汹流夜梦排。

炮火践跋多少年，多少年竟多少年？请汝巨龙擦亮眼，地老天荒擦亮眼。

巨龙身下吾生死，世世生生为龙子。从来不关尔愿否，死生远永为龙子。

八月歌

君敢忘云高离苦江湖远，天宇冲湿兮月浪掀？

君敢忘麦荡哀愁八月天，送君一去兮不归迁？

伊住秋水之一边，伊知穷家不容嫣。石榴裙红伊不属，伊也为君湿稻间。

君云此番君一去，若不功成不归田。君迹无寻湘水里，伊心直到湘云边。

君往江湖未多言，言去城里赚千钱。归来为伊买新衣，伊衫残旧苦不鲜。

君须记哀愁八月天，汽濛濛兮湿人眼。

月台灯火摇昏黑，伊独立兮竟经年。

伊愿妈祖能相庇，速赚取罢还伊肩。君闻江湖何险恶，歹横夜路口先缄。

家戚破瓦君莫忘，奔波不快归伊边。几件新裙何轻重，莫教胡镜换红颜。

君不知哀愁八月天，一袭长裾苦等遍。

高壁风霜犹红眼，月台终与君重见。

何故报写皆作真，惊是通缉君相片。伊曾写信不要衣，叫君莫复挣两千。

伊对空壁哭夜夜，警问相犯是吾怜。彼时伊曾伫月台，辜尽君心辜尽恋。

君莫去兮君莫去，江湖一去命亡灭。君速归兮君速归，歹路横行伊遥念。

巫山吟

巫山高，浔水深。吾为此别泪满襟。君知此去吾心死，为吾翻作《巫山吟》。

《巫山吟》，声渐沉，弹来万尺恶涛滚。

夜半满怀沧浪起，浔水一片共痴嗔。

朝云暮雨苦不见，君应知我难为心。烈风雷雨蛟呼啸，孤枕龙狂水撞奔。

鼙鼓擂江浑涌梦，君行消息不可闻。举头青廓云冥冥，苍龙低吼去无痕。

江底鱼龙恨欲嗥，远别离兮宇混沌。鬼雨恸哭知为谁，隆雷夜吼雨倾盆。
上见凉蟾泣露酩酊醉，下听浔水半夜龙惊魂。
千斛泓泻作浔水，激流何时回天门？
《巫山吟》，太多恨，如此凄绝不忍闻。
请君停瑟听西风，直逐马蹄晓迹沦。
此曲飞上青溟里，青溟更添何许恨？巫山崩堕浔水绝，篁竹啼洒泪纷纷。

秋　笛

芙蓉江上竹笛促，芦摇瑟瑟空无物。芦动暗疑采莲女，何起江波深何许？
雨踏吹笙弹水月，吴山脚下乱明灭。如梦凄凄如霜雪，恍而辗转又不见。
客家不闻秋浦曲，闻之肠断江波里。江波吹骤皱不起，扬子渡头声声泣。

芙蓉曲

秋凝江波茫茫里，无边秋色和雁语。洞庭木下秋风起，游子苦寒衣谁寄？
暮浦夕阳红船尾，遥想伊人盈秋水。船头摇兀芙蓉绿，江上芙蓉零秋雨。
伊人孤唱采莲曲，兰芷飘零吹何去？伊人回首恨依依，莽莽尘海斜阳里。
采下芙蓉欲遗谁？十年夫容犹不记。坐看天地苍然来，云梦风烟濛濛洗。

江湖歌

莽苍天地浩气发，荡荡江海可为家。误入尘网困名利，浮云应笑此生涯。
浮浅之徒羞守义，自有杂霸绝永嘉。易水悲歌嗟已往，泪柳含烟可藏鸦。

暮色千山入终古，兴亡滚滚向天涯。云水青山多去意，留青山住将进茶。
某山某水埋名姓，尘海茫茫斜阳下。英雄流潦黄金慨，人间识我独野花。

夜雨冷蝉歌

冷蝉一夜聒不已，远山小小青入雨。雨脚凌乱打箜篌，冷蝉泣露湿薄翼。
夜雨潇潇万事凋，冷蝉悬荡三秋泣。美人江畔歌吟苦，风吹薄襟多冷意。
清辉澹澹几盈虚，澄澄今古江波里。兰芷飘零思皓齿，梦马空驰飞不起。
哑哑悲歌聒碎梦，身世嶙峋朝天戟。君与天涯逢羁旅，彻夜苦寒诉凄凄。
春恨生时草枝啼，秋恨成时堕秋泥。逴遽身死遭轻践，碾作尘泥志不移。
清夜凉琥深似水，冷蝉死处月光洗。不知天上或水里，不知今夕是何夕。

采莲曲

芳女涉水采秋蓉，新绿浓蛾皱蜩虫。死碧惊睡恨溘涌，鱼鳞吹裂浮光梦。
瑟瑟红惊明黄掠，蓝突碧漫圈圈泻。翠波跃动瞬万变，忽陷沉黑忽如血。
香裙牵云摇雪起，石榴摆曳青廓举。芰荷吹倒高过头，泣露摇缀野飕飗。
一日不见无欢语，三秋如暮深几许？斜摘团扇大如斗，堪载香裙薄肩愁？
秋风高吼复低抚，幽涩吹惹相思苦。欲取龙刀剪秋水，秋水无尽如恨泪。
秋娘菡萏秋眉老，炫如夏荷爱草草。韶女年少芳心空，双眼流落芙蓉红。
几番离合心迟暮，情到深处人孤独。血凝血散残阳里，倾国倾爱无人记。
恨血化碧浓鸭绿，烟底翠滑娇蓉滴。秋藜伏涌秋声漫，夕晖如逝随人散。

高天星月歌

凉蟾不语胡马嘶，月潮滔滔悲溅入。冷珠夺宇疏星迸，泣露满天霜魄涂。
匣冻夜光如冰琥，愁满高霄银华铺。荒凉如水天上来，月光骑踏荡秋芦。
遥遥陵树西风起，前朝云构星残渡。壮鼓捶裂万星巍，老璧落罢天如沐。
星河滴恨洒如泪，如雨青铜冷翠烛。我抛此世何狂哉，何时割裂始孤独？
炼星惊秋何煌煌，唯恐一堕难承负。漫天星辰皆沾湿，恐不足痛竟相辜。
败荷西风余香薄，翠被秋残终黄土。满塘繁星摇飘零，君莫误兮何其误。
梦里汝来三千次，醒汝何处春已芜。春未芜兮吾竟老，吾未老哉春竟芜。
忆回次次终何用，闲愁悲怨躲无路。洪荒无数尽石头，奈若何兮无今古。
芰荷香灯曳愁雨，我听风萝女啼露。幽女半晌不抬头，红泪沾湿忽回顾。
仰首高天星何许？流潦行子世何苦？何缘星似人拥挤，何故人如星远疏？
鸟愿为云云愿鸟，鸟飞云去终何处？此心惟系已成空，名垂万古终何补？
与汝远兮亦无语，云远天高程无数。汝须相记我在此，我亦知汝遥遥处。

太平轮歌

君不见残唐西楚沉戟在，亡国末代悲歌哑。
君不见血流郊野鬼嗷嗷，腥风血雨锈兵甲。
关河璧残炮雨洗，波惊血溅满华夏。枪榴弹扫硝烟里，残肢断首铁车轧。
天下雄才相戮杀，反目凶神复恶煞。尔死我活何堪也，山河璧碎走泥沙。
暴雪猛飓伏土壕，无限宽容令卸甲。唉已血肉死不降，十万残兵死壕下。
乱世檐铁铮铮下，一日千万涨船价。孤臣孽子皆骨骸，乱旆摇折终谁亚？

君不见徐州街斥大学女，颠狂舍命追溃旅。

君不见卖身独愿逃南去，哭喊震彻求嫁娶。

万人疯欲夺船票，银洋千万高纷举。繁华名流苦托系，豪商金条掷何许？

万人千人拥不前，惶惶码头跌孕女。哀声遍野不得上，众生至死渺何欲。

北军胸襟犹开阔，可笑众生疯如飓。太平轮下苦何许？轮下轮上死何距？

太平轮，太平轮，宁做太平犬，不做乱离人。我住头如雪，君去骨成尘。

君不见熄灯黑火避夜巡，霹雳乍下撞铁轮。

君不见船佣醉酒眼惺倒，惊醒撼地霈倾盆。

钢筋震颤风雷裂，船底狂流急涌喷。奔腾砰湃铮鸣铁，乱浪披离溅飞浑。

滂溯骤起雷击猛，老螭乘凌高霄沌。狂涛骇浪激千尺，慓烈秋风掀欲吞。

悲歌莽杀湟崩奔，劈澜飙涌翻巨轮。轰然倾覆惊叫哭，急拥疯出上甲屯。

凄抖瑟瑟何淋栗，恶海如冰冷彻衿。多少年恨血泪满，眼见太平轮渐沦。

腾踔不起挣无力，百人千人呛溺沉。疯推乱践恶相残，惟求不死夺船狠。

豪商狼恂夺救圈，拳打幼婴掷海深。婴父拔刀捅腥血，群獬疯抢命无痕。

巨轮国恨骸堕底，四海惊波惊鬼神。流潦到此更如何，黑溟多少未招魂？

漭漭浮尸漂亡信，哭喊喧嚣终不存。只今惟有无情月，曾经照过多情人。

付诸流水几代人？浴火重生在何门？黄口小儿浑不知，嘲笑悲歌何深沉。

猛龙歌

君不见狂澜掀涌莽萧萧，万里风雷杀气寥。

君不见猛龙一夜深潭破，驾电乘雷腾九霄。

猛龙凶飙穿如刀，日月颠倒鬼嚎嗷。乍冲起处尚翻涛，高宇苍苍久动摇。

草木森森竖枪矛，喷息万里阴风号。欲告苍生世真相，怒飞天上惊鸣啸。

悲风怒啸醉鬼徘，中宵无路恨何哉？堪教荆棘埋大道，不信铁幕劈不开。

英雄一去不归来，余孽孤独不绝代。长风自比相思短，吹我双泪湿我怀。

我恨世人不信己，轻己如泥弃己低。可晓姑苏插越旗，田横卷土不止息。

天下缉曹举义旗，玄德单骑投袁檄。二秦危亡在旦夕，囚徒黔布猛飞蹄。

我恨苍生不信猛龙崛潭底，漆天暗壁甘奴隶。只以我骗欺，万指弃如鄙。

宁作天下敌，不为天下惜。宁为天下弃，不与天下期。

苍苍皆蒙蔽，蒙蔽不胜喜。天下待死蚁，岂配问高低。

望世两相厌，只有长剑提。苍天敢眷我，笑尔是尘泥。

吴哥窟外

萧瑟斑驳荒墙倚，似水流年斜晖里。残阳幻灭一弹指，乱荷摇曳血渍洗。

象群奔袭兵相戮，沉入泥尘不可睹。屠杀惨烈多少夜，鬼楼堆满骷髅骨。

佛来姗姗流光里，不知彼岸为何处。瞑目微笑沉静穆，不知所睹为何物。

吴哥窟外无人乞，只有断肢弹乐器。误踩地雷残两脚，笑里弹琴生不息。

一众受难知何苦，失明断臂犹歌舞。轮回之外无涅槃，苦难之外无欢度。

狂徒歌

谁醒千斛浇万爵，狂飓削碎江湖水。苍龙突啸九万里，横驰摆尾大风吹。

我笑秦皇为草芥，铁马铮铮踏成灰。我怜美帝四处摧，穷兵黩武空痛悔。

世有狂徒饮风雷，掀起狂澜只竖眉。孔丘出口如悬河，万言不值一绿醅。

风雷狂浪歌

黑飑萧萧雷厉摇，天宇之水骤倾霄。鬼母嗷嗷狼恶号，鼙鼓擂裂震狂涛。
得志竖子跋扈嚣，何人击楫纵江潮？渡江英雄嗟已往，重义轻死如鸿毛。
胡戎残贼民流潦，琅琊瓦全淮泗逃。男儿到死心如铁，中宵舞罢逆虏枭。
恶风怒激千尺浪，浪浪掀劈似锋刀。汹潏潜龙终一啸，急雷万里冲荡扫。
踏破铁蹄飞银矛，投鞭断流漭滔滔。东山再为苍生起，风声鹤唳惊破帽。
楚虽三户必亡秦，八千子弟从天捣。猛雨苍苍江东去，霸王不渡见父老。
自古英雄多寂寥，骇浪浮沉焉阻蛟。兴亡滚滚终天命，至今此恨何人晓？
丈夫不可轻逆舸，休道击澜太徒劳。饮冰千斗心不死，但恨九间今何宵！

长夜歌

怒电如龙飒爽劈，直击萧索霸王旗。如麻雨脚狂砸激，翻雨鬼雄悲吼起。
猛霈汹汹天上来，疾卷枯树如捣海。我惜长啸狂哭者，中宵无道使徘徊。
八月秋风与天高，飕飕扫荡掀狂涛。昔我钓龙渭水上，怜龙似我放归潮。
雷鼓犹轰冰河破，铁锤狂狙翻银车。芦苇高摇没官渡，博浪沙上犹悲歌。
黄金散尽终疏索，千秋志士岂多得？浊世肝胆向谁照，落魄江湖不苟活。
江上萧辚多厉鬼，劈裂桦烛看恶狈。纵得长剑淬秋水，千尺终是英雄泪。
枯树如潮起凶摇，黑林暗雨乱哗嚣。荆高当年何寂寥，燕市而今无荒草。
洞庭满湖酒中恨，可够浇醉信陵坟？而今司马亡深狱，谁敢哭吊李将军？

•

十万铁甲披胡霜，宝刀残月共辉光。流星飒沓汗血马，换来死生尸骨凉。
萧萧杀气凌九霄，单兵鏖战埋戈刀。河梁万里别知己，至死不归倚血矛。
李白死不为世累，半世飘零落秋水。而今清议世上绝，犹记叔夜卧龙罪。
长仰楚狂非俗流，狂歌草泽笑孔丘。漆园傲吏宁拽尾，山涛欲隐不自由。
万里浮云何萧萧，千尺尘土难脱逃。夜半悲风抚长剑，欲语还休恨天朝。
君不见昨狂子，带刀横行今安在？君不见孤世子，沧澜踏破独归来！
君问人言何用处，杀伐欺害几曾无？君问正义终何补，自古成事权当路。
君问狂徒为何物，天荒地老有谁睹？悲来乎！悲来乎！莫使龙骨惜迟暮。
壮士何时抚头颅，壮士何时冲冠怒？西风又起幽燕地，长铗今世归来乎？

感 遇（八十四首）

其 一

沧溟有大鱼，志在吞吐宇。兴亡一须臾，安慕咸阳玺？
始皇畏之大，将戮以异己。澹澹渤澥水，焉见浮沉里！

其 二

吾生何不辰，没世空懒溷。浮云九万里，穷达安可问？
忽荒有大鹏，悲嗷遘残恨。大鹏在罗网，何以羽双振？
偃蹇承造化，势在破兀昏。水击三千里，翕忽汹飙奔。
鹈鸩妪唯唯，瞻觌轻作尘。江湖谅寥落，憯恻安寄身！

其　三

摄鲁七日诛，问得无失乎。五恶宣昭昭，所卑何由殊。
此恨何由终，自兹涤缁污。

其　四

莽莽江湖水，何人知我悲？犹及残唐楚，大道无焚毁。
碌碌百官威，衮衮诸公贵。高会潭泽北，尊受直酸味。
嵇死清议灭，孔亡士气灰。崔公伤败李，应念无戮罪。
彧老徒幽愤，残宵当何悔？忠言多非辱，茅公发雪飞。
残孽忆前代，中间有清泪。孤臣喑异地，犹为生黎累。

其　五

荒凉云水里，愚子悲不已。望江何浩浩，隐龙何处之？
俗子伪紫微，见乞心安耻？假名谋其利，生黎苦不知。
茫茫一片心，无力救此世。时人多不齿，澄清天下志。

其　六

渭滨有老者，蹉跎忽八十。以饵钓天下，水浅则龙驰。
有如子牙耄，多恐枉其志。鬼吟未立死，景桓终岂知？
芊蔚有菀枯，芳菲能几时？蜉蝣天地里，有如苦露汁。
拔剑当天问，时恐岁华迟。大器竟无成，使人空喟之！

其　七

所谓宇始者，繁愦未发机。浮沉霄霓气，形埒无天地。
三皇时无为，渐堕尧舜禹。率性谓之道，道失重仁义。
仁亡贵礼乐，愚朴皆散易。彼时焉礼乐，今世尊珠玉。
为何纷浊世？举国多君子。君子耻近航，爱民何虚意！
酒徒何豪义，不齿共君席。披头而散发，仰啸江上去。
涕下心不平，人世生何距！江潭何澹澹，中有潜龙沕。

其　八

大荒有异兽，其名曰为夔。其腹能鼓乐，声如轰宇雷。
黄帝闻之杀，做鼓天下威。声闻五百里，惜乎为才累。

其　九

楚泽有伊人，依依如桃李。淑姝隐皓齿，微风吹若芷。
女床有鸾栖，婔婥五采理。伊人轻黄金，惜其翡翠羽。
罗网天地里，婀婀委饰死。鹉亦苦箐知，懵戮为密事。

其　十

翠蜻潦江潭，秋风劳摧残。浮沉天地里，于世竟何干？
红土喑其嗷，忧伤不能言。江湖万余里，灌心微水间。

其十一

凉风起天际，世世愚以袭。人多尧舜禹，孰道甚堪疑？
尧荼为监蔽，架空何自欺？禹治舜不敌，逼禅丕方晞。
庄周语天倪，儒墨苦怀昔。古道终何益，我今弃如泥。

其十二

溟水有大鹏，万里直飞来。天地为罗网，北海多骨骸。
大鹏休省故，故事已堪猜。浮云合四壁，灭史禁云外。
浮云屈是非，天地一鸣哀！大鹏不共尔，磨灭作尘埃。

其十三

极花何狂哉，红颜苦薄幸。反为才情累，阴枭以利用。
苍樗大至废，废而全其命。极花为谁死，忆此心不平。

其十四

浮华有尽时，奄忽碾荒草。上古冥灵老，鸣蝉哀年少。
秋风扫万里，悲蛬不休叫。悲蛬一叫断，天地始寂寥。

其十五

大荒东北隅，有山曰凶犁。应龙斩蚩尤，流落于南极。
帝鸿以其功，不使归天际。天地飞鸟尽，良弓终为弃。
龙不翻汹潏，穷世无云雨。万古伤淮阴，夜半悲风起。

其十六

大荒轩辕西，不寿者八百。冷蜇摇一秋，其死如尘埃。

蜉蝣一夜死，无依亦无赖。神龟寿千古，恐遘灭世灾。

其十七

昔时炎帝败，游子徒徘徊。帝女溺秋水，白雁为之哀。

精卫心不改，焉能枯沧海？此恨安能尽，成王败寇埋。

其十八

始皇屡东巡，四海维其稳。焚书而坑儒，万世以愚民。

汪蒋反革命，溅血使人喑。军统多暗杀，杀人怎诛心？

其十九

谄谀满楚郢，一语撵英雄。伪言行于世，忠言抹其生。

无极蔽王耳，不知阖闾征。锋矛破汉水，只道有寇虫。

柏举忽入郢，楚王恨泓泓。湘楚万余里，涕下向西风。

其二十

玄蝉饮清露，高歌可震椏。荡曳天地里，一夜堕尘沙。

明镜览竖眉，忧伤感年华。无有封侯志，尘网困生涯。

关河堪沉陆，吴钩人空把。将军徒终老，红尘污白发。

其二十一

竖子尽成名，英雄空执戟。穷达安有时，嗣宗悲不已。
于世生何患，顽佞因利欺。浮名终何用，一世多悲泣。
路绝人间世，司马安能毙？淮南空三叛，钟邓死蜀西。
竹林声萧瑟，嵇康作尘泥。西风吹长襟，中夜多冷意。

其二十二

叔夜祸卧龙，有如覆国罪。秦末始起义，按律皆为非。
民皆从恶法，秦皇万世威。黎民千载苦，阿房筑几回？

其二十三

嘉树葳蕤绿，别君霏霏雨。攀折橘一枝，送君草草语。
挺橘何耿介，骚屑不可移。郁郁园中树，青青与君期。
岂知与君离，相见更何期？枝干终披离，枯株抚太息。

其二十四

张陈刎颈交，王侯终残戾。袁曹夜游侠，官渡成死敌。
荣荣门前树，深深门前水。珍重离人心，青梅何日委？

其二十五

鸿鹄秋浦起，须臾万里飞。万物自大道，何处存是非？
稷不能冬谷，禹不能西水。圣人扬信义，人世出大匪。

其二十六

孔丘杀少正，君子掩世代。程颢心无妓，言道何伪哉。
皋陶喑大理，师旷瞽大宰。安须曲本性，其时天下泰。

其二十七

楚亡秦兵威，亡奴敢不悦？是非谁敢言，言有如膏血。
游子潦四野，飘荡如浮芥。醒者歌离骚，聋人眠日夜。

其二十八

箕子见象箸，乃知殷商亡。司马死官路，知汉履冰霜。
玄龄见族乱，知隋入膏肓。烈文见革表，知清不永长。
君子不能语，知弥金陵猖。知者见细流，犹见入沧浪。

其二十九

桃园有伊人，可遇不可得。裙袖涂芷若，芳华自婀婀。
吹落风尘里，谁人伤其色？洁时人皆爱，污时人皆恶。

其三十

铮铮故园树，为谁苦青青。青青到秋末，耿介孤亭亭。
故人心安故？平生恨可平？秋风萧瑟起，树潮犹悲鸣。
荣华安可贵，青史多讹评。英雄世多负，莫惜身后名。
浮名焉入墓，位极死愿瞑？人生天地间，浮芥一何轻？
且挽洞庭水，为我浣长缨。但倾满湖酒，莫惜浇信陵。

其三十一

荡子何流潦，一生焉匪磐？奄忽飞蓬草，生死世何干？
疾飙起天迹，卷我入云端。大道贯终始，闻者惟二三。
人生各有志，异路莫相谈。贫贱死不移，犹不免摧残。

其三十二

青绿杂深浅，鹿迷春草繁。义士共义死，伪君轻非蕃。
死生自有命，浮沉或无端。孰如王子晋？感慨行路难。

其三十三

人生无根蒂，浮萍秋水离。孤雁起西北，一去不狐疑。
兴亡有反复，君去无归期。君飙如尘起，妾守如沉泥。
朝会共君生，夕死复何期？生当归故里，死当长相忆。

其三十四

思君空独抚，湛卢君相遗。杀人如削泥，照心如清水。
我心固匪石，君心竟何为？游子向西风，中间有清泪。

其三十五

所忆隔关山，万里绝穷路。关山不可尽，且尽杯中物。
胡马吼霜啸，执戟醉狂呼。绵绵远道草，遥寄尺素书。

上言中夜苦，下言君莫误。不见相知人，但见坟无数。

其三十六

青青河畔草，冷冷河边尸。百万生还几，披霜倾伊痴。
伊已入膏肓，芳谢休苦执。万里尘飙驰，来守伊死时。
死时身恶臭，避君不使知。微风吹兰若，怅然若有失。

其三十七

萋萋故园草，终古笼残照。千山不能阻，青青没远道。
世路廓茫茫，不止逝云老。长风吹君杳，行行应流潦。
绿窗犹窈窈，终得几时好？思君不可见，徙倚伤悄悄。
雍凉苦且寒，悲凉薄怀抱。不惜榴裙负，但惜君谁道。

其三十八

幽幽湿兰草，冷月劳皎皎。青青君归时，盈泪君须晓。
不见油壁车，但忆苏小小。终年曾复见？离别何草草？

其三十九

疾风厉不休，沧澜阻网罗。墨突如浮芥，蛰作池中客。
求索无穷极，死生终相隔。问罢天无复，湘楚起风波。
英雄阅命鲜，命阅英雄多。天道自难逆，终古恨如何？

其四十

人生如薤露，寄世能几年？英雄竟何以，称量天地间？
信心亡顺逆，知命无浮潜。穷达有天命，君子安贫贱。
荣名百年后，青史多讹编。舜少为世薄，衰劳无暂闲。
鲧诛禹事仇，枯胼卑低殿。周公诛叔鲜，戚戚终保全。
孔丘遑遽潦，囚商削迹远。树伐阳虎辱，落魄终残年。
桀纣纵夜荡，顽暴诛逆言。圣凶死骷髅，无异尘埃间。
恶徒肆无忌，义士苦无边。君子不愧心，岂惜浮名焉？

其四十一

恶浪掀千尺，凿洫忍槁胝。惘惘怀大禹，九派潋于此。
客世浊污间，动摇增秽缁。英雄赴风尘，所志在救世。
伏龙知数终，北伐犹未止。青田料诛族，兴亡不敢辞。
生非重之厚，身非贱之死。知命而不惧，可以为君子。

其四十二

寥寥西风起，楚浦人独立。江澜发千里，兴亡何时洗？
世事东流水，所去何但一？英雄守大义，自苦直悲泣。
狂歌草泽中，四顾茫茫里。天道苟如此，狂啸宁相弃。

其四十三

匈奴摧雁门，月黑狼啸高。悲风杀裂草，白骨乱蓬蒿。

休言浅水龙，但道秋天好。英雄混草莽，江湖行无道。
心犹老骥壮，身共黄沙老。岁暮何荒凉，今古忽杳杳。

其四十四

秋风摇苦树，月黑闻怒涛。其上有鸣蝉，其鸣何哗嚣？
鸣蝉春不容，此恨何时了？鸣蝉夏不容，此恨何时了？
鸣蝉秋不容，此恨何时了？鸣蝉冬不容，此恨何时了？

其四十五

八月雨萧萧，秋树浪淘摇。有酒休辜负，亡魂苦难招。
荆高安在哉！终古杂荒草。不肯为英雄，休恨英雄少。

其四十六

凉风起天末，扫荡何猛厉？中夜多冷意，萧萧吹薄衣。
莽莽摧关西，戎马无尘泥。田横士共死，上党不降敌。
左徒投湘水，苏秦身裂离。白起终自刎，范增疑古稀。
彼曹不知时，休恨天不予。箕子愤不平，悲鸣疯不弃。
英雄知天命，仰天笑而已。兰芷自飘零，末路休自惜。

其四十七

长夜风高荡，四顾何茫茫。肃杀百草摇，天象暗无光。
月处君子心，清辉何朗朗？秋风扫上党，风骨嗟已往。

燕赵多悲歌，歌罢空彷徨。大鹏起忽荒，悲哉逢罗网。
张禄澄天下，一朝佐秦王。须贾食马糟，轻人何悔伤。

其四十八

秋风又萧瑟，往事空长平。尸骨犹无见，万里知风腥。
赵亦难持久，颇据知此形？世以成败论，括安纸上兵？

其四十九

风来鸣檐铁，电击震雷殷。春秋无义战，百家不平襟。
秦皇灭六国，何止百家焚。悲哉于长夜，自由婴逆鳞。
是非黑白反，青史成灰烬。有口不得言，伏地传悲吟。
宁鸣而求死，不默苟全身。删尽天下事，大一统皆噤。
星火可燎原，莽莽亡暴秦。吾笑秦始皇，诛言不诛心。

其五十

龙阳哭旧丑，安陵美终了。驰车且纵横，休道浮生少。
高低千万山，夕阳无限好。繁华望不尽，皆共尘埃老。
莫问身后事，有酒当头浇。终古蔽丘墓，此意何人晓？

其五十一

袅袅秋风起，澄澄古今悄。人生忽何如？冷露凄沾草。
美人吟歌苦，一夜衰华貌。荣名可弃之，君心向谁讨？

长门恨新娇，思园葬马老。人非轻飞燕，孰得终美好？
以色事他人，弃鱼徒伤恼。人悲故以疏，盈虚知多少？

其五十二

上党秋风过，全民尽兵戈。白起屠长平，万里腥风恶。
繁华骤蹉跎，失路悲复何！英雄言失路，凉风忽索索。

其五十三

布衣望青霸，何慕东陵瓜？盈虚自有变，无意近繁华。
误入尘网里，半世苦嚣哗。但恨志不遂，历历埋黄沙。

其五十四

英雄不苟活，但恨日无多。决死功不成，终古恨如何？
图穷出利刃，技短恨荆轲。一步虽咫尺，遥邈若山河。

其五十五

朔风破北林，寒鸟苦哀吟。天地独一人，冷风透我襟。
摇荡竹林黑，狂啸抚长琴。嵇康祸伏龙，旷世绝此吟。
苏秦杀成仁，浮名为谁殷？要离终得志，辜负同袍衿。
千秋万代后，荣华不足信。有恨冰且饮，千斗未寒心。

其五十六

有乐应惜尽，无意卜他生。纵是刘伶酒，块垒浇不平。
南渡非人物，东去大江横。叫起天听我，仰天笑三声。

其五十七

荆榛何莽莽，杞棘杂大道。流潦钩戟间，声声泣翠鸟。
密棘刺血膛，至死悲歌了。世有何人惜？一身浮芥小。

其五十八

猛厉西风起，飞藿一何多？流潦孤臣恨，涕下望三河。
所感世上寒，乌江万里波。何独是虞姬，不知奈若何！

其五十九

终古乌江冷，天地气肃杀。飞雪天上来，残刀鸣冷匣。
美人死无悔，霸王刎天涯。英雄意气尽，四顾悲歌哑。

其六十

萧飒西风起，菰蒲响不休。长歌楚天远，英雄骨无收。
兰若悲风折，蘅芜起千丘。天命掀怒澜，蜉蝣焉束手？
长啸凉风高，安能弃所守？夜半露沾衣，何为久滞留？

其六十一

汨罗何浩浩，兴亡万古流。倚杖听江声，寥落天地秋。
一代东流水，大椿一梦久。狂客求不朽，啸断死不休。
人类终绝灭，焉以存不朽？李白诗八百，终化为乌有。

其六十二

穷发元寂寂，不平则悲鸣。天帝灭其鸣，不使九间平。
草木俱萧萧，忍望幽独青。嫋嫋秋风起，长怀楚狂行。

其六十三

莽莽天地间，孤鸟休自怜。长风几万里，流潦不得闲。
诸公尽相薄，凄然冷露沾。露重又如何，飘飘何所安？

其六十四

秋水何澹澹，英雄沉白骨。门下求民主，一夜成灰土。
深狱折梗概，河蟹食其腹。不忍食其心，其心死犹苦。

其六十五

草芥有不为，不但在天命。宁死首阳山，不为周室幸。
叔夜啸空岑，一世安折磬？干戚横天下，何以成陶令？

其六十六

靡盬兴亡易，血污焉得洗？凉风透我衣，所愁不但几。
采薇西山趾，长歌可饿死。伊人守兰芷，不见孤臣子。

其六十七

冷风啸寒林，荒台萧瑟滨。幽燕尘埃起，流潦感黄金。
东下七十二，荡齐为灰烬。郕夷亦善始，何故守终心？

其六十八

龟年手已烂，湘瑟梦不休。万古皆焚尽，更蒙鬼神羞。
逆浪何惧有，风雷狂乍吼。宁死投秋水，可杀不可苟。

其六十九

绛侯宴无箸，愤恨绝食死。郑宋濡甲鱼，染指安公子。
文若白首弃，异路终空器。天下周粟尽，故臣何以立？
纣臣或位极，汤臣或戮毙。兰芷生于室，曾亦须除之。

其七十

大鹏振八裔，其翼数千里。扶摇而直上，须臾九万里。
飙风荡浩浩，终有一时已。中天力不济，零落秋水矣。
列子御风行，安能依其欲？大鹏随风起，焉得自由羽？

其七十一

夸父不量力，穷命八万里。刑天横干戚，断首志不已。
人生从物灭，物灭终何理？滚石上天倪，永刑安须洗？

其七十二

天祥身先死，生民于后死。亡民何以存？仰仗前朝子。
帝女填秋水，昔以天下委。公若效楚材，非辱焉足悔？

其七十三

银辉荡今古，徘徊知几度？孤琴啸萝壁，清畔越吟苦。
冷风透薄衿，凄沾蔓芷露。岂不畏沾污，长夜为君驻。

其七十四

冥然寰宇下，相守十年执。盈盈秋露冷，婉婉冰玉质。
耿介凌披雪，沧浪终自持。终有一夕折，旦暮将徒事。
何为泣徂兹，太苍何所之？幻化何所循？伤怀自此始。

其七十五

何由至终去，方惜使自苦？天诛上文帝，澹渊知命数。
沅湘无情流，三代澄沉陆。夷犹向长风，皋兰零江渚。

其七十六

伊人望蔓草，所思隔天涯。千里共如何，感君寒衣甲。
澄明自在心，何求清辉下？竟夕怀游子，冷露湿罗袜。

其七十七

睥睨一世内，没世或惘惘。孤臣解其意，不净亦不肮。
西麟悼末代，苏肖忍世荒。高山与流水，万古空苍凉。

其七十八

秋风起幽燕，万古何萧瑟？我怀一去者，慷慨引悲歌。
流潦天地间，旦夕有福祸。徨徨丧家犬，凄凄将何所？
人不任义堙，大道由谁左？天不使文没，大任将何落？
所以孔丘子，围匡不改色。所以王莽帝，啸其奈予何！

其七十九

狂徒何所求？大作遗尔曹。彷徨其何补，谁解猗兰操？
宇宙终幻灭，不朽将徒劳。所恨蒙鸠者，一世系苇苕。

其八十

始皇起溟渤，食丹终枯骨。求之险峭苦，由此生忧怖。
求苦不知足，得陇又望蜀。浩浩终何了？至死不可睹。

其八十一

故山不可见，千丘蔽高巍。逝川不可问，蹉跄成流水。
乾坤水上萍，兴亡一捧灰。西山草薇在，陶令有时归。

其八十二

西樵感知遇，方作保皇党。肝胆何以寻，请向风月场。
大道有取舍，中山昔谓梁。诸葛怀先帝，空令民殃亡。

其八十三

尼采晓帝亡，不知其位在。莱公言小恶，强者能为哉。
羔羊悔其行，甘受罚罪裁。大善曾何见？为之多骨骸。

其八十四

天地自冲盈，寰宇有兴灭。蒙庄一指也，饮冰复食蘖。
帝女填沧海，邓林潺湲泻。终古亦焉存？何况斯长夜。

词

死生有限路无穷

十六字令　山

其　一

山！捣起狂澜骇九天。当长啸，独立莽荒巅。

其　二

山！四海浮沉在此间。青史在？大恨作云烟！

其　三

山！万马狂蹄踏破澜。惊回首，伏龙起江滩。

十六字令　天

天！休教乌云罩世间！人有眼，不使是非缄！

渔歌子　鸥盟

鸟不知名往不猜，与鸥盟罢又飞来。山色碧，水天白，至今此意问谁哉！

梦江南　孤星

霜吼起，唱裂铁胡笳。万里西风频回首，前欢往恨血凝匣，醒后是天涯。

梦江南　关河

西风起，寥落满天星。塞道险关风卷雪，关河霜冷阻蹄行，阻不断深情。

梦江南　铜雀台

高台好，雄壮胜江山。铁甲金戈威肃立，不休歌舞起嬛婵，只是不胜寒。

梦江南　芳塘

青娥去，袖满水云烟。菡萏霜摇狼藉里，芳丝拗尽却牵连，红泪滴滴黏。

梦江南　望夫山

江湖远，鸿雁过秋天。暝色薄如眉黛挑，无边往事向斜巅，秋水已横绝。

梦江南　长夜

君去后，一夜暗苔青。冷月幽幽独恨去，芭滴断续忍愁听，秋泪梦中凝。

梦江南　闲愁

重回首，风卷雨飕飕。江涨连天直万里，渐吹渐起粉云头，朵朵是闲愁。

梦江南　往事

狂风吼，削碎陡归途。放眼千山云水里，兴亡万古剩菰蒲，往事只模糊。

梦江南　红雨

西风院，深浅醉红涟。细雨如愁深百尺，因风吹去又缠绵，好否要他怜？

梦江南　青春

窗外树，摇落又一年。曾盼青春若梦里，恍觉春梦只空言，哪有到身前？

梦江南　易水怀古

千古浪，恨满莽苍怀。易水萧萧人去也，冠袍如雪座皆白，万里吼风来。

梦江南　绿柳

风袅袅，门外柳垂深。又为薄情人飞雨，粉香和泪满啼痕，藏住绿阴阴。

梦江南　落花

人悄悄，独坐到黄昏。细雨微微风袅袅，红妆湿尽作啼痕，休待落花深。

梦江南　绾恨

匆萧瑟，偷换人间秋。乍吼霜风烛怒裂，老藤千尺苦无头，绾恨上高楼。

梦江南　泪流

残夜晓，深壁苦无言。卖翠奢红秋簟冷，泪流作水又经年，何不到伊边？

捣练子　夜长

人去后，乱风帘，怨月弯弯似黛烟。断续雨滴滴夜半，万丝垂柳拌秋千。

捣练子　鸿雁

风浩荡，起鸣鹄，万里荒云上下浮。残雁乱离还自聚，断鸿首尾更相呼。

调笑令　独照

银月，银月，怕醉残宵堕地，幽幽独照人离。难去，难去，帘外尺深红雨。

调笑令　前朝

微雨，微雨，打湿白头宫女，前朝回首凄凄。鹦鹉，鹦鹉，知否梦中言语？

忆王孙　别姝人

别君清渚雨廉纤，沅有茝兮澧有兰，思婉姝兮未敢言。憺伤焉，零落江潭又一年。

皱春水　春水

鹧鸪声住心将碎，古塘吹皱，吹起愁滋味。层层浮梦乱成堆，明灭一半春愁一半水。

如梦令　回首

壮士悲歌寥落，易水苍苍寒彻。不语几回头，乱雪发中飞堕。落魄，落魄，识我野风萧索。

如梦令　关河

魂梦铁蹄摧碎，夜浸青龙飞坠。霜被冷秋侵，枕上莽河嗥吠。惊酹，惊酹，窥鼠暗偷滋味。

如梦令　野栈

野栈昏灯残酹，烂叶西风浇醉。萧雨打灯灰，吹梦尘埃般碎。谁为，谁为，管甚为谁憔悴。

如梦令　孤兔

风雪咸阳古渡，啼雁纷纷何处？掀浪起滔滔，捣落万山孤兔。吞吐，吞吐，欲语又心头堵。

如梦令　东流

浮萍为谁漂碎？几个飞鸿憔悴。何处惹闲愁？博浪犹飞魑魅。天北，天北，人道东流是水。

如梦令　沧浪

万里尘埃飞荡，皓皓此心不忘。浊便洗吾足，清便洒吾缨上。沧浪，沧浪，濯我憯伤苍莽。

如梦令　暮晚

余既滋兰九畹，树蕙无边芳蔓。芷若亦飘零，掩涕草蓠湿揽。冉冉，冉冉，万里望年华晚。

如梦令　愁予

沅有芷芳零雨，澧有蘡兰如许。眇眇望荒兮，不敢语思神女。愁予，愁予，莽莽水兮东去。

如梦令　不还

苦恨秽芜荪庇，终古茬兰哀泣。嫋嫋起秋风，悱历棘兮不弃。怀澧，怀澧，歌罢往无还矣！

如梦令　荞麦

芜秽踥蹀芃蔓，婉美远兮超迈。荞麦正渐渐，公子不同吾爱！天在！天在！徒憯悄兮伤泰。

如梦令　秋水

风起悲兮离扰，秋水盈兮兰老。为证指苍天，思蹇产兮增悄。秋袅，秋袅，恨水几时流了？

如梦令　怀远

兰芷独芳幽处，荼荠岂同杂亩？淑女怀薠蘅，藐蔓蔓兮思故。谁睹？谁睹？菀郁泣兮不寤。

如梦令　思女

悲穆风兮摇芷，秋水起兮伤傺。路阻故夷犹，望美人兮不至。魂逝，魂逝，憺悄顾兮何止？

如梦令　独去

嫋溺望忽荒起，感茂菀兮袭予。来者且悠悠，将暮独茕茕去。谁与？谁与？恐去祸兮重履。

如梦令　不释

朝纫秋兰独尚，夕揽洲之宿莽。迟暮不淹忽，焉苟改兮荒放？浮象，浮象，不释怎无惆怅！

三十字令 星

天比梦长，天比梦长，苍天醒后更寂寥。
梦比天长，梦比天长，君和星是梦里交。

乌夜啼 怀古

醉呼衮衮诸公，坐威中，尔许生涯是梦几时终？
士族路，寒门路，几时重？官渡霜风吼起想曹公。

乌夜啼 风陵渡

飕摧呜咽江船，撼灯残，回首风陵残夜大荒湾。
夜风暗，家醅颤，酿愁阑，冷泪凄惶流下滂沱滩。

乌夜啼 潼关

醉来还举千觞，恨苍茫，昨夜钟惊滩转唱国殇。
多少泪，无挥处，太悲凉，要上潼关万里看残阳。

乌夜啼 旅夜

关河铁阵飙枪，乱狂骧，羌管一声嘹亮月苍苍。
夜客涕，悲歌起，怕兴亡，笑指咸阳断雁两三行。

长相思　眉头

复上楼，复下楼，眼底心边与眉头，问我何所求？
泪难收，恨难收，春水东流多少愁？东流休不休？

长相思　旅梦

荒壁重，粉泪重，百转千回竟不能，醒来不认侬。
又涛声，又秋声，酒盏穷时恨不穷，关河又半生。

长相思　关山

雁可哀，世可哀，万里关山何处徊，英雄中道埋。
志一怀，恨一怀，孤管披霜寥亮开，离楼悲吼白。

长相思　东南亚八月洪灾

漫夜洪，乱湃澎，醉客飘零回首中，暴霖打哭声。
误鸣钟，啸西风，月落残窗第几棂？看看幽恨生。

长相思　烟雨

四百词，寄汝思，铜漏秋凉乍咽辞，铁骅屋外嘶。
为君啼，冷枯枝，烟雨模糊夜鹧湿，忆君君不知。

长相思　重帷

风不歇，雨不歇，夜雨潇潇打月斜，重帷肯否揭？

忆一些，夜一些，冷月撩人幽恨些，春寒不下阶。

长相思　别

呼烈风，啸烈风，魂梦不知第几程，山头冷月横。

苦相逢，恨匆匆，不语青苔秋雨中，幽阶一夜生。

生查子　远山

远眺小山多，山在浮云里。窗外雨潇潇，游子终归去。

哀雁飞不过，乱霭愁如幂。落叶满空山，何处寻行迹？

生查子　春去

细雨似闲愁，绿遍江南路。草树嫩阴阴，正是春归处。

伤悄向秋风，嫋嫋生极浦。最苦是莲心，不若人心苦。

浣溪沙　背人

云在青山月在天，吾心何似以何言？背人偷指十三弦。

一树梨花摇半世，满身清露挂残年。梦中红雨落秋千。

浣溪沙　韶华

春燕不知世事迁，欲来还去一年年。江潭泪柳褪青棉。
一世几回花里醉，韶华有尽恨无边。湿秋千上雨廉纤。

浣溪沙　红妆

银烛犹残冷泪痕，流年小簟与轻衾，小楼幽梦雨阴阴。
绿柳随风人浅浅，梨花疏雨院深深。红妆湿泪溅罗裙。

浣溪沙　听雨

红蓼渡头私语遥，与卿别后又红梢，共谁同听雨潇潇？
乍暖还寒情怎了？欲黄重绿爱难逃。伊人不见见楼高。

浣溪沙　春愁

独立潇潇细雨间，不惜粉黛与红胭，要流红泪到君边。
云雨荒凉春寂寂，轻风料峭草芊芊。春愁来去对谁言？

浣溪沙　流光

粉泪纵横黯湿妆，青梅已老请深藏，小楼隔梦夜隔窗。
系客难留伤绿柳，遮愁不断恨高杨。流光轻掷在他乡。

浣溪沙 春归

不放春归泪里鹃，绿芜湿雨草绵芊，青青何日到君边？
青鸟空衔轻槿去，红生红死有谁怜？漂泊一样堕沙间。

浣溪沙 往事

铁马冰河忆寄奴。雨昏哑哑夜啼乌。百年青史太糊涂。
怒裂烛花霜吼起，中宵提剑醉狂呼。流年往事只模糊。

浣溪沙 思君

红树娇姝似故人，濛濛微雨湿寒云，一番回首一销魂。
休望雁时还望雁，不思君了又思君。落花和泪打榴裙。

浣溪沙 春愁

寥落兴亡冷小山，风残草绿泪阑干，想伊翠裙惹轻寒。
花雪残枝风淡淡，春愁满树雨斑斑。只惜无处可凭栏。

浣溪沙 荒陵

万里客愁啸远穹，暮鸦飞起忆昔宗，只消哑哑两三声。
莽莽浪潮天地外，沉沉暝色乱山中。荒陵高树起秋风。

浣溪沙　归程

城上斜阳碧树胧，鹃声无数万山红。有斜阳处有情种。
痛饮风雷闻大道，偶登云雾瞰苍生。嗷嗷哀雁是归程。

浣溪沙　回首

秋水横飞溅血刀，啸天独倚冷霜矛。王旗变幻太徒劳。
最是不堪回首处，泪红千尺雨潇潇。故园老树又萧骚。

浣溪沙　红尘

雁叫苍暝猛雨昏，飞行万里望乾坤，兴亡滚滚暮云深。
浪子不休挽逝水，狂徒坦荡逆红尘。不知人世有浮沉。

浣溪沙　悲歌

死尽苍生洒血霜，悲风吼起惨民亡。横行跋扈是谁猖?
昏晓难分横扫荡，高低不辨混苍茫。灰飞广岛鬼城荒。

浣溪沙　前朝

乱世硝烟泪纵横，军阀混战雁门东。成王败寇一场空。
绝代江山人闭嘴，连年血雨鬼吹灯。请蒙双眼望苍穹。

浣溪沙 冷雨

只见飞鸿不见僧，荒藤裂壁暮浮笼。吴哥寺下雨濛濛。
孤鸟千山云水里，窄船幽梦雨声中。死生有限路无穷。

点绛唇 荒道

古道天高，行人多少荒郊怨？激流狂泻，恨血迸呜咽。
卷地西风，吾啸披霜雪。君不解，望残悬月，急雨空悲切！

点绛唇 萧瑟雨

落叶荒滩，秋飕往事无人晓。卿卿未老，何事伤心早？
乱世船摇，撼灯听浪搅。潇雨到，离别草草，万里西风道。

点绛唇 关山月

可恨霜刀，摧人离乱如飞鸟。梦魂谁捣，夜半冰涛搅。
独醒横流，沧海一声笑。明月好？故国不照，只照行人老？

点绛唇 最苦

夜半悲风，掀狂劈裂关河路。漭江飞渡，奔啸鱼龙怒。
月黑狼嗥，嗥断寒飕阻。萧秋树，此声何苦！夜夜无人诉！

点绛唇　凉风

雁绕荒山，军声草木苍蛟抖。急云才搂，还哭还奔走。

残星依旧，嫌弃人间丑。末路否？英雄回首，忽见凉风骤。

点绛唇　往事

往事模糊，秋鸿摇荡忽惊顾。乱山凄楚，商略红霖暮。

百转千回，浑忘来时路。无归处，夜风如诉，欲语还吞吐。

谒金门　春心

春已半，春水泪流池满。冷雨柳梢嫌恨浅，数丝愁欲剪。

不忍青骢嘶遍，迷梦绿窗深掩。杨柳含烟犹尽苦，远山归梦险。

卜算子　寂归空山恰值疏雨

旅枕起浮云，望断平芜绿。昨日青梅冷雪中，寂寞偿何许？

梦醒更天涯，人在行云里。树影龙蛇乱舞飞，零落深山雨。

卜算子　月夜空悲也门浪客

身世酒杯中，一夜头如雪。掩泪独听红海怨，滔滔无人见。

醉醒夜三更，雁乱秋飕烈。如此狐鸣如此月，江山应有血！

卜算子　夜泊秦淮

秋住苦情心，枕上幽凉到。旧恨前欢随远棹，春水不知道。
天上月一弯，难避思多少？舸绿灯红吹乱了，一夜愁打稿。

卜算子　问

一问久深藏，青涩难直道。别后心头似旧萦，又碍华发老。
春沥还愚懵，秋霂已慧老。空笑年华最好中，谁也没逢到。

卜算子　相见

草草与君离，泪堕霖铃骤。化了浮萍也是愁，风雨催奔走。
上楼更下楼，回首西风冷。万里关河梦见君，相见唯珍重。

卜算子　往事

如此忘相约，如彼相约记。料我今夕梦已非，夜吼悲风里。
对此何茫茫！滩转知何去？秋雨重经碧院墙，往事难提起。

卜算子　渔父

烟水莽苍苍，江上秋声咽。白首披霜哪里归？休问蒹葭雪。
了却是非心，随我孤清月。梦里西风搅梦魂，冲雪孤鸿灭。

丑奴儿 豫让桥

醉中慷慨悲歌吼，桥已成骸，士已成埃，一派酸风掀浪来。

桥头豫让今安在！吞炭漆材，怒刺王怀，不二心人何处埋？

丑奴儿 惆怅

谁寻惆怅出烟火，灯市空空，长夜空空，怜萼死生独自红。

西楼高处萧萧雨，飘碎今生，可奈今生，一派银河寂寞笙。

丑奴儿 天涯

夜飕乍起严霜下，飞雪横斜，爱恨横斜，都作漂泊撩乱花。

秋霜万里胡笳起，都是天涯，我是飘沙，万里西风本是家。

丑奴儿 孤枫

秋风到处摧萧飒，曳也摧杀，离也摧杀，如此生涯未有涯。

丹枫到底难言语，守口生涯，空对狼牙，听遍孤人横冷笳。

丑奴儿 无奈

真情自古风吹乱，无奈情深，怎奈情深，深至真情似假心。

鲛人今夜堪眠否，无奈灯昏，怎奈灯昏，万点啼痕不见痕。

丑奴儿　梦醒

几重浇醉消还醒，甚作心情，梦外霜凝，一卷寒旌拂雪星。
冷逼千帐摇灯影，一枕红冰，欲语还停，满耳秋声谁与听？

丑奴儿　春去

潇淋难打秋心碎，春近不知，春去偏知，辗转怜君离后知。
犹隔长夜山千万，深篁成谜，灯影四离，楼上不知谁弄笛。

丑奴儿　荒巅

荒巅飞鸟无穷去，上也愁呵，下也愁呵，只我人间一啸歌。
残红只管西流远，夕也成河，泪也成河，人少夕阳多更多。

丑奴儿　怀古

离骚一啸空独醒，红袖无言，香草焚烟，夜半悲歌汨水前。
行人不见章台路，乱浪遮天，澜起涛掀，寂寞人间几百年？

丑奴儿　西风

乌啼夜半忽惊起，悱恻独听，滩转伶仃，痛快西风冷似冰。
看尽今年花依旧，好个红莹，笑我痴情：“负尽人间不负卿。”

丑奴儿　单鞋

十八滩急摧客泪，谁醉一宵？谁醒一宵？杂蒲满船风雨萧。
西风卷地吹往逝，试问青鞋，谁更寂寥，踏过苍霜第几桥？

丑奴儿　怀难民

行人多少大堤唱，听雁啾啾，叫醒清秋，如此山河如此仇！
难民百万逃南去，漂潦魂丢，四窜荒秋，忍看荒江水北流？

丑奴儿　客身

雨烛瘦尽霜窗冷，浑对斑驳，萧瑟哭窠，飞尽栖乌夜又遮。
出门醉忘身为客，大雨滂沱，怅惘如何，空响啼鹃不认得。

丑奴儿　昨夜

传言偏爱结局好，唯我独知，君与离时，隔夜苍葭冷雾湿。
灯逐盏灭熄星火，昔日心痴，昨夜花枝，尽付人传人唱诗。

丑奴儿　烟雨

青骢不忍行深雨，独有怀惟，如雨霏霏，万点春啼送汝归。
空城潮打残夕返，泪掩深扉，烟雨低回，老雁归来无处飞。

丑奴儿 断肠

西风雁叫离人远，汝问愁郎：岁必悲凉？少必懵愚爱必伤？
聒蛩深恨嚣嚣叫，风雨新凉，莫惹秋娘，山满花枝多断肠。

丑奴儿 漂泊

昏鸦残夜难啼起，幽恨几多，更对谁说？醒对渔灯独客泊。
西风应笑流离客，为甚漂泊，为甚奔波，夜半钟声更奈何！

丑奴儿 骇浪

悲鸿叫断三更月，万事凋零，幽恨零星，乱雨凄蛩各自鸣。
英雄多少今安在？霖暴飓惊，骇浪无情，继续伤悲继续行！

丑奴儿 风月

长车碾碎关山月，笳裂漆天，一片愁绝，天地莽苍风月闲。
骚伏风月来投我，我在荒巅，俯仰人间，醉笑天下几完缺？

丑奴儿 山海

紫骝夜踏银钩碎，匹马空还，愁在阑珊，横断千山与万山。
浪间客子无消息，行忘君难，坐忘君难，剩有渔竿夜夜寒。

丑奴儿　秦淮

笙歌沸乱银华簇，枯树凋秋，倚遍层楼，人自闲愁水自流。
风流淘尽秦淮海，行客回头，灯火如愁，曾照降幡出石头。

丑奴儿　飘零

摇烛夜吼空如梦，睡也还醒，醉也还醒，动荡风吟且尽听。
铁蹄夜渡波惊溅，回首残兵，醉客飘零，尽望可怜撩乱星。

丑奴儿　无踪

片云风暗急翻壁，猛雨惊龙，万尺江声，悲吼犹残铁马铮。
怒潮梦里滩头雁，尽逐霜风，一去无踪，寥廓云泽泠霭空。

丑奴儿　不识

淋漓痛咬生难忘，恨苦凄惶，小鬼何方，毕竟多情误尽芳。
天涯漂泊无寻处，回首银潢，只有沧桑，不识张郎是张郎。

丑奴儿　今生

老鸿叫断三更月，卷地西风，歌舞匆匆，为甚沉酣为甚醒？
与君销共今宵醉，那是今生，那是今生，为汝辜完复哪生？

丑奴儿　何济

待卿沉睡萧飕起，泪里幽情，不愿卿听，风里残红苦待卿。
狂歌乱舞终何济，长短残更，愁醒飘零，梦死醉生不暂停。

丑奴儿　锁

红阑重恨空追忆，江锁千门，直到如今，爱恨情仇不见痕。
天涯万酹君休劝，湿雨如尘，春梦深深，梦醒高楼老了人。

丑奴儿　飘零

天涯梦醒红烛暗，一夜飘零，一夜思卿，恨飘零处苦忆卿。
来生还恋天涯去，万里天青，万里飘零，穷尽感卿去飘零。

丑奴儿　非

当年曾笑牵牛苦，灯焰萧吹，吹尽芳菲，今夜牵牛应笑谁？
千船银月狂酣醉，无醉无归，归忘途回，流潦十年恨尽非。

丑奴儿　梦

恍惚往事如一梦，密帐银盅，哭断歌声，对镜醒来不认侬。
梦中不放君归去，银烛昏胧，泪点千红，梦未梦成又晓钟。

丑奴儿 夜梦

水晶帘下银潢卷，夜梦迢迢，拘检终逃，梦里纵情到谢桥。
匆匆又是独归去，梦醒深宵，淡酒无聊，檐底霖铃夜雨萧。

减字木兰花 挽怀

夜阑深静，梦未梦成梦已醒。笑泪零星，都碎浮沉乱雨萍。
留唇欲语，留不住谁终要去。流水滔滔，往恨东流又一朝。

菩萨蛮 孤枕

关山飞掠残霜雁，清笛一遍还一遍。孤枕夜三更，烈狼嗥月声。
梦回荆客事，穷士为谁死？意气卷狂风，老来泪纵横。

菩萨蛮 黑夜

孤灯残壁惊窥鼠，夜沉江海莽苍古。烟雨暗沉秋，危楼望雁钩。
草泽埋高李，长剑独归去。万骑势滔滔，笑我狂此宵。

菩萨蛮 天涯

秋风摧打长亭老，提醅万里遥山小。忆汝在天涯，天涯多落花。
流年吹乱处，一夜寒蛩促。暗想女芳华，绿窗人似花。

菩萨蛮 苍愁

黄昏望断嘹啼雁，关河行客还潦远。笑煞苦人间，昆仑无语巅。
烟云横四面，山裹嶙峋掩。深恐莽浑愁，漏逃向世间。

菩萨蛮 夜渡

中流激啸霜潸冻，撼兵鼙鼓狂涛冷。烈炮卷西风，家残魂破声。
急滩雷雨猛，恶浪频惊梦。孤客唤无名，野嚎幽恨生。

菩萨蛮 秋雨

月披何处一声笛，夜沉如水唤不起。浪子没消息，秋窗雨暗滴。
空残灯烬壁，无故重相忆。梦醒枕头湿，忆君君不知。

菩萨蛮 子夜

清愁万里如明月，欲行欲远摧成雪。客散刹歌终，仓皇回首中。
空街霜满地，飕乱惊鸦起。往事黯成空，泪垂长夜声。

菩萨蛮 思淑人

满塘翠曳荷腰瘦，风袭谁脸惊红骤？荷众漫喧哗，恨言谁不发？
乱池独寂静，梦对谁人醒？心事问谁知，雨深淋夜湿。

菩萨蛮 烟渚

一弯月色关山陡，自知衾簟凄霜久。秋恨与深情，重叠到三更。
那堪重忆起，凝恨斜晖里。烟渚莫回头，回头无限愁。

菩萨蛮 夜雨

荒滩夜起西风乱，江湖谁道无拘管？啼笑也非鸥，漫身浑是愁！
愁来当痛饮，逆浪吼灯烬。夜雨最多情，随人处处行。

蛮萨蛮 小楼

潇潇雨歇堆轻絮，青骢人去风吹起。风里乱成尘，湿云回首深。
楼空花醒寂，独倚思无语。雁陷雨纷纷，飞回不见人。

菩萨蛮 西楼

骤挥秋雨砸撩乱，梦魂万点滴不断。风雨夜西楼，有人楼上愁。
含颦思痛悔，泪若秋萍碎。不语溅凄簪，独禁此夜寒。

菩萨蛮 饮水

天罗地网铺不漏，吾愁汝怨逃路有？不语问苍天，山深啼杜鹃。
思娇与恨娇，此世无谁晓。饮水者独知，多情还是痴？

菩萨蛮 残更

乌啼一夜荒衾冷，重帷深掩残更梦。月堕沧浪澜，此时心转寒。
爱娇与恨娇，问汝真知晓？烟雨满花枝，春来浑不知。

菩萨蛮 春水

床头鹦鹉睡方醒，幽幽欲唤谁名姓？不必分明谈，涩言出转难。
病恹几许恨，醉也无人问。一片春水深，无憀独倚门。

菩萨蛮 夜雨

横笛频起湿云恨，沧波冲澹吴山枕。窗外雨霏霏，雁归君不归。
昏烛摇喟命，残梦对谁醒？往事黯然空，高楼雁一声。

菩萨蛮 梦醒

霏霏细雨湿深院，如何花落人难见。夜半起三更，举头星纵横。
寻芳昔夜惯，今夜心情懒。梦醒即天涯，打窗萧瑟杀。

菩萨蛮 贪欢

秋波带恨眉山攒，斜托腮起梳妆懒。料峭雨阑珊，为谁醒倚阑？
梦中知浪客，萧飒帏惊破。一晌也贪欢，醒来不胜寒。

菩萨蛮　打叠

打叠行李打叠恨，秋砸乱雨频欹枕。辗转不能平，萧霖倚杖听。
苍天比寂寞，阵阵梧桐堕。红泪欲成河，夜残掩恨歌。

菩萨蛮　秋声

秋声飒飒掀愁起，绿肥红瘦深千许。孤枕莫频欹，芳心碾作泥。
乱蛩秋雨密，梦窃杂私语。蝉树荡悬离，萧杀幽恨滴。

菩萨蛮　声声

秋凋破碎情萧瑟，惊惶谁汝疑谁我。怎得过今宵？梦归也迢迢。
杜鹃声声冷，唤不回春梦。鹃血拼命啼，梦终无所依。

菩萨蛮　归梦

怒飕穿野关山黑，摧破芭蕉砸萧瑟。幽恨两模糊，壁残霜黯涂。
啸骢归梦苦，不识江南路。雨冷若为情，故语搅痴鹦。

菩萨蛮　芰荷

颇黎摇冷薄香窕，翠芰不语空秋晓。红袖为谁痴？一朝忽满池。
江湖听雨老，萧瑟秋风早。只恐君来迟，凋零君不知。

菩萨蛮　最初

江天寥落无穷路，潇湘乱浦忽今古。不若故人姝，暗香残瓣无。
彷徨问泪鹈，梦忘江南路。百转几多途，青骢回最初?

菩萨蛮　独愿

死只愿知月怎缺，天如何老生何掠。不只为忘侬，荒滩听夜风。
明灭灞陵雪，到晓愁如月。皓月回首中，小楼空更空。

菩萨蛮　秋风

长安滞雨残灯冷，灯前故老拔刀猛。龙壁满松声，十年蜡泪红。
鸟飞深林里，不晓苍云起。禾黍高低重，秋风秦楚空。

菩萨蛮　冷月

采莲去尽楚天碧，洞庭极浦相思起。不晓是何年，翠菥梁雨烟。
再圆如冷雪，非复今宵月。啸阮空流芳，恨难闻我狂。

菩萨蛮　故山

水晶帘动流苏泻，姑苏西馆人非也。翠尾扫霖铃，回首故山青。
铁鞋云里喜，不踏长安地。奴烛望蹉跎，泪流谁更多。

菩萨蛮　离愁

苏堤铲尽廉纤雨，霜梨舞罢匆匆去。潭底恨飞残，悲鱼搅翠澜。
不惜春光好，只恨春将老。依似雪裙花，东风吹不杀。

菩萨蛮　终古

悲鸿高起飞何向？残阳终古空苍莽。僧踏一梯云，不闻夜雨深。
杜青残地老，风烛红尘扫。远近十三陵，萧林夜鹗鸣。

菩萨蛮　燕子

东风燕子今何落，吾徒一问频频说。昨昔共天涯，今时落谁家？
二娘娃岁半，忽又逢江畔。骤雨哗倾盆，爱恨不可闻。

菩萨蛮　杂感

龙旗舞罢埋黄土，等闲凄苦鸳鸯浦。君可在天涯，后庭不见花。
兴亡万古老，未了腾枫笑。杜宇半声残，树头无数山。

菩萨蛮　春愁

为谁舞罢为谁泣，西窗银蜡无陈迹。随君一路苦，怜我是尘埃。
春光恐未已，匆入鹃声里。何处躲春愁，萧萧雨满楼。

菩萨蛮　姑苏怀古

何年高碧煌星坠，灵岩崛峭姑苏翠。雁荡莽江湖，淡醍可慰孤。
高悬独冷月，曾照多情孽。何处复笙歌？晚风吹败荷。

菩萨蛮　老树

浪涛声荡枯陵木，萧萧红雨浑尘土。故国与浮名，秋风起四更。
无端惹恨苦，最是江潭树。孤愤几曾平，潮沉潮又生。

菩萨蛮　春尽

咸阳野上秋萧瑟，残鸿叫断残阳破。歌舞最匆匆，梦醒摇烛红。
鹧鸪方欲动，春尽深霖冷。索性不还家，天涯满泪花。

菩萨蛮　夜半闻游侠当年往事

铁襜侠客天涯老，悲歌夜吼天狼捣。霜吹蛟尾矛，血溅霸龙刀。
冰河直踏裂，苍莽星尘远。长啸破风雷，湛卢潭底飞。

菩萨蛮　老将

银潢之下歌嘹亮，疾呼武士从天降。乘醉吼霜风，挑灯斩猛龙。
烛花残怒裂，风黑抚长剑。天望眼模糊，不敢忆寄奴。

菩萨蛮 不知

流星挥洒潇潇泻，苍茫堕地煌华灭。往事已依依，残月银甲凄。忆伊西风里，独把吴钩倚。含泪梦中逢，不知是梦中。

菩萨蛮 不愿

狂歌剑舞劈霄断，梦里夜半啼痕满。昨日语星尘，今方晓苦深。荒凉云雨路，梦里无寻处。不愿被君知，骗君梦里痴。

菩萨蛮 孤帆

孤帆寥落苍云里，春流不语逐何去？哀雁没青溟，曾何不愿醒？水晶帘已下，红泪淋罗帕。啼遍雨阑干，鹧鸪无限山。

菩萨蛮 梦中

水晶帘里乌乌发，梦魂悄近深窗下。烛冷冰裙摇，薄肩睡雨萧。葡萄凉蚁盏，惹梦暗香暖。只管与君逢，梦中便梦中。

菩萨蛮 池塘

芰荷翻洒鸳鸯打，逐风雨脚幽来踏。翠摆光阴爬，池塘暗睡鸭。此生何复爱，此世还何奈？云雨苦匆匆，不知身是侬。

菩萨蛮　春回

飞樱舞罢春潭底，愁鱼暗搅汹澜起。裙带摆轻风，樱桃带雨红。
潮来潮复去，来去无人语。燕子立秋千，不知人事迁。

菩萨蛮　烟雨

残云剩水风吹遍，玉箫低送声声怨。烟雨冷迷濛，化为伊眼红。
不闻江左信，樱雨空流尽。几度消斜阳，树蝉身世凉。

菩萨蛮　匆匆

系留春住匆匆绿，恐春过尽无凭据。垂柳乱千丝，春愁难语词。
春流逐滚滚，并带江南恨。狂舞狠消愁，终空燕子楼。

菩萨蛮　流光

青青草岂遮春去，当时谁道别离易？断柳莫攀爬，不堪挽韶华。
流光轻掷地，一抹荒烟起。醉里有啼鹃，昔时也少年？

菩萨蛮　未了

汹涛猛搅燃犀冷，疾回往事低旋涌。消逝尽轻轻，流年不暂停。
五更话未了，溢浦夜残晓。何处起离愁，西风吹汝眸。

菩萨蛮　梦终

斜阳如水苍凉里，枝头红罢伤成碧。燕子空小楼，重来无限愁。
梦中无检点，回望君千遍。千遍犹难终，梦终恐忘侬。

菩萨蛮　昏鸦

沧溟漠漠乌飞叫，人生暗向尘中老。莫教酒樽空，空时恨不穷。
昏鸦披落暮，终古占垂树。哑哑忆玄宗，只消三两声。

菩萨蛮　关山

孤鸿叫断关山月，风云开裂兴亡灭。夜半吼悲歌，不知悲为何。
残星摇破帱，鬼阵霜吹老。试看雁门东，腾蛇一场空。

菩萨蛮　夜醉

中宵提剑挑龙影，奈何沉醉奈何醒？夜半想田横，世绝五百生。
狂徒来广武，无路彷徨哭。悲恨土中埋，英雄安在哉！

菩萨蛮　深山

弹琴长啸清风揽，青山个个伸头看。明月不相猜，听读《天问》来。
满衣浑是雪，霜里披明月。问我此何之，行来君自知。

菩萨蛮　渡江

濛濛雨下梨云冷，飞帆如鸟破江猛。青史恨何时？青山安可知？
江山如有待，还了兴亡债。郎笑云水荒，荒水云笑郎。

菩萨蛮　此情

柳梢渐可藏飞鸟，青青依旧为谁好？细雨打青梅，芳菲不复追。
休将离恨泪，换了当时醉。唯有落花知，此情和此痴。

菩萨蛮　隐乎

清兮沧浪濯吾帽，浊兮沧浪濯吾脚。何不渡为乎？岂非穷士乎？
丧家之犬也，桀溺耕栖也。南北又东西，归来不过泥。

清平乐　飞雁

千山难去，天地愁如幂。队队声声啼不已，怎奈秋云万里？
燕云十丈黄沙，风尘不辨为家。疏雨泪鹃空响，青山一望无涯。

清平乐　红尘

苍苍月朗，羌管摧寥亮。我在滚滚红尘上，想着你的模样。
回首万里风尘，必有性情中人。来日湿云成梦，秋雨亦自成尘。

清平乐　旅夜问老蜇身世

唧唧诉老，无恙残风壳。一夜老蜇使劲叫，何处明朝流潦？

暴霖夜乱疏蓬，皮囊剥落枯空。忽陷昏墙蛛网，秋风摆荡残生。

清平乐　无据

波声千荡，故人知无恙？总恐老来无据想，败壁四山流浪。

急澜不载人划，春江夜夜流花。深夜杜鹃无语，山青如发无涯。

清平乐　梦

风欺梦吼，寒怯苍云岫。秋雨白菊浑似旧，只是风前独久。

梦中一晌贪欢，梦醒子夜风残。残壁昏灯摇荡，雁声无限江山。

清平乐　前生

总感梦里，负汝还难齿。疑梦难分明若此，恐是前生往事。

高楼吼起西风，夜黑千尺江声。烛影啖龙蟒动，不胜多少愁红？

清平乐　夜半悲风

翻屋浪雪，怒打三更月。到死男儿心似铁，未死补苍天裂！

松涛枕畔飞秋，醒来万事从头。暴雨乱砸枫涌，枝头红血直流。

清平乐　夜山

长车吼下，碾碎关山月。三五英雄认不得，雨打延安壮烈。
奔旋万马连翩，悲歌未彻苍天。雁声万里窗前，可怜一片华颠。

清平乐　故地

幽阶乱雨，不语人独立。春夏秋冬人往去，一片古塘自碧。
隔江人在雨声，秋愁满地寒蛩。孤客重思往事，夕阳多少屋中？

清平乐　无眠

聒蝈欲诉，疏雨不知苦。去者纵啼留不住，夜梦竟还无主。
矶头千古浪腥，风欺心更分明。笑我无眠一夜，乱蛩枉自悲鸣。

清平乐　岁月

狂歌谁应，铁马嘶独醒。野鬼滩冲战骨冷，莫问浮名国命。
空城血雨腥风，三声萧瑟四声。断雁西风嘹叫，行人不要重听。

清平乐　抒怀

横鞭北去，满眼兴亡意。韩魏燕秦浊浪里，阵阵悲风吼起。
铁马碾破黄沙，高悬冷月胡笳。浪惯哀鸿忘恨？声声啼住天涯。

清平乐 孤独

吟蛩四壁，初簇簟纹起。一阵隔帘潇沥雨，惹汝小山浑碧。
幽篁谁忍罗扑，飞独不近华屋。惜我为何忽远？何不一向孤独？

清平乐 黄昏

争看又少，都向尘中老。乱世浮萍残晚照，片片凄离草草。
红颜雨打成尘，能消几个黄昏？万古兴亡旧恨，乱鸦血锁千门。

清平乐 休问

忆忆忆忆，滚滚红尘里。凄碧残荷看草草，青廊离鸿逐去。
故国莽雨如烟，江潭多少华年。休问前朝杜宇，迸血不信苍天。

清平乐 滴雨

残宵败壁，独望苍茫里。檐瓦倾霖浇打洗，问谁痴情似你。
风黑卷地秋声，芭蕉抖落一生。滴破二三更罢，滴到四五残更。

清平乐 潇雨

哀赋费纸，忘却销魂事。哭笑无端波千尺，顿问今生何世？
只惧泪打啼鹃，断红流去人间。潇雨重添绿酒，又见醉里红颜。

清平乐 千程

生来倔强，江海独流浪。泪满流花万千丈，东水无休莽莽。
飘絮吹去濛濛，东风去路千程。鸳鸯满湖是酒，不够醉倒东风。

清平乐 待干

待干碧袖，难觅青梅嗅。杀尽鹧鸪折尽柳，断送一生惟有。
江南离草愁长，天涯云雨荒凉。问旅惟闻前路，白云无数苍苍。

清平乐 骇浪

骇浪西岸，夜夜飞流弹。千柳泪垂荒江畔，战阵招魂难返。
硝烟陈迹积堆，铁戈瘦马空归。哀鸿一声凄断，江天无尽孤飞。

清平乐 芳菲

流华明灭，听堕衡阳雁。红泫啼鹃帘钩血，夜夜高楼残月。
微雨才破轻蕾，红盈转眼凋垂。不教西风得志，宁早谢了芳菲。

清平乐 浪旅

残花逐雨，飞上裙腰绿。萧索冰弦琵琶曲，幽幽唤谁归去?
今日海角天涯，昨夜湿尽繁花。折取一枝红杏，不知插向谁家?

清平乐　生来

河山还我，长啸吴钩握。苍莽客愁吹何去，笑指白头霜魄。
回首楚浦三千，孤帆淡入江烟。夜夜青穹无死，我生便为问天。

清平乐　何日

风雷劈裂，暴霈鞭檐铁。魑魅胆寒惊避远，恶雨凶风交叠。
红泪湿尽流光，中宵拔剑彷徨。何日荒波西去，海田换了沧桑。

清平乐　生别离

廉纤雨湿，打作燕支泪。枝上青青犹未褪，莺燕不知人醉。
今夕雨脚如麻，明朝又隔天涯。烟雨濛濛入梦，而今无处摩挲。

清平乐　离别

一襟幽恨，从此无人问。裙上榴花知甚去，空把落红流尽。
雁啼雨过空山，云低江阔风残。一片模糊往事，对莺只好偷瞒。

诉衷情　古原

残阳古道悲风吼，枯败舞飕飕。醒来总惧愁去，还讨古今愁。
残夕上，古原头，泪难收。行人北去，哀雁西啾，渭水东流。

诉衷情　狂潮

千帆直下苍黄道，滚滚莽烟涛。青旗魏古吹去，赤壁犹骚摇。
哀雁小，烈风高，吼狂潮。澜沧不老，往恨滔滔，世事徒劳。

诉衷情　冥冥

冥冥归去冷山中，回首月西横。今夕何夕如是，梦里乱滩声。
池自碧，去匆匆，雨濛濛。一襟旧恨，涉水苍穹，辜负清风。

忆秦娥　大梁

秋风起，信陵宾客灰尘里。灰尘里，函谷关下，不堪追忆。
不平悲愤随潮起，大梁淹没鸿沟洗。鸿沟洗，暗萧棘密，夜狸悲泣。

忆秦娥　李陵台下

秋鸿远，李陵台下风摧雪。风摧雪，西风烈卷，白沙一片。
白头壮士青灯曳，琵琶弹碎高悬月。高悬月，关山阵角，恍惚声掠。

忆秦娥　秦时月

秦时月，咸阳古道秋风烈。秋风烈，酒徒解带，澄清东野。
兴亡不见重重嵲，无边荒草空悲切。空悲切，千年河水，为谁呜咽？

忆秦娥　秦宫古路

秋凋去，秦宫龙蟒萧风雨。萧风雨，荒碑残月，唤英雄起。
琵琶关塞黑蹄旅，萧萧惊梦浑游戏。浑游戏，百年而已，何须知己？

忆秦娥　风雨楼上思往事

天壁裂，黑猪暗渡摧岗野。摧岗野，春潺无限，危楼寒冽。
潇潇夜雨从天泻，雷鼾萧索残生窃。残生窃，莫言旧事，免得思切。

忆秦娥　苍月

苍月上，关山羌管横寥亮。横寥亮，秋旗猎猎，梦残千帐。
雁门蹄乱炊烟少，鸭绿江上断桥老。断桥老，千年风雪，一声悲笑。

忆秦娥　碣石怀古

沧澜扫，浪摧孤雁浮云小。浮云小，秋声铜雀，暗金飞鹰。
天若有情天亦老，茫茫沧海一声笑。一声笑，呦呦鸣鹿，啼破霜晓。

忆秦娥　夜半望沧浪

惊飕起，破窗纸湿翻蝠雨。翻蝠雨，留他听泣，送他独噎。
冷霜来去难眠矣，裂矶撩起夜澜酗。夜澜酗，狂澜堆雪，为苍生起。

西江月　秋愁

山涌苍霜耿耿，野云来去无踪。千年沧海转头空，醒罢依然是梦。
莫道昨夕种种，如何恍似梦中。开窗乱叶飒飙来，多少秋愁飞动？

西江月　此声

檐铁鸦啼声切，渐渐潇潇雨歇。去年心境渐清晰，乱雨打残更点。
那夜嘈嘈横泻，君曾横阮三叠。此声记取到天涯，一片荒滩孤月。

西江月　江南

好个飘零人物，西风啸马狂徒。骤然冷眼望空山，往恨前欢无处。
乱雨隔江人在，晚风菰叶摇无。纵到江南赶上春，也不必留它住。

南柯子　斜阳

有酒当一醉，昔人个个非。流年逝水怎生追，苦恨斜阳冉冉遣人归。
万里鹃声落，孤臣不可回。生离悲莫复伤悲，秋雁年年何必恨残晖！

南柯子　塞下

万帐灯吹乱，零涕醒痛冰。铁蹄踏碎冻河腥，悲角声摧荒枕梦归京。
往事浑凝吼，霜风破烛倾。突惊狂马烈悲鸣，独往天涯残夜啸沧星。

虞美人　咸阳

悲歌夜半波涛怒，漭漭无今古。阿房埋没莽风霜，万世秦皇安在太荒唐。

西风削碎行军路，一派真酸楚。咸阳梦醒夜横刀，笑指西风断雁也嗷嗷。

浪淘沙　旧事

雪堠乱鸦飞，步印遥微，昔人旧事几时回？颓院西风多少恨，满地枝吹。

千古暮西垂，秋冢红堆，风扫流年冷为谁？不谙情仇驼碎里，一抹斜晖。

浪淘沙　夕山

雁落霜汀寒，一舸共眠，相思各自冷一毡。梦里春花凋几许？往事堆山。

万雁掠荒巅，啼尽秋天，夕残梦醒空山前。红尽斜阳模糊字，才吃红颜。

浪淘沙　别君

小舸乱风霖，灯梦知同？共眠听尽一声声。来去秋逐江南北，只为随侬。

孤月逗深棂，青到途穷。为侬珍重向秋风，种种纵为人道尽：“卒必成空”。

浪淘沙　登黄鹤楼

乱雨打人踌，独上层楼，声声萧瑟苦无头。楼上少年听不惯，不忍飕飕。

昨日雨声中，再上层楼，有斜阳处有春愁。千尺寂寥依旧是，绿怨红愁。

浪淘沙　春愁

浪子莫回头，只管逍游，浑独明月照山楼。昨夜长安歌舞地，落叶飕飕。
相见莫凝眸，花落难收。雁飞不动冷滩头。湿遍韶华是泪雨，打散春愁。

浪淘沙　未了

老雁去凄惶，莫下潇湘，荒流横莽水云凉。秋雨不知鸳鸯改，时打红梁。
乱叶扫秋廊，往事沧桑，樱桃乱曳暗芭张。绿怨红愁都未了，隔住高墙。

鹧鸪天　乌江

西楚英雄不渡河，江东父老望澜波。乌江霜吼尸无数，垓下蹄残归几多？
萧瑟夜，客漂泊，秋风四面荡悲歌。人间多少伤心事，岂止虞姬无奈何？

鹧鸪天　寒山寺夜半独醒

夜雨禅崖打冷襟，古今搔首月飞擒。唊灯无数蛟龙起，倾海烛摇风动吟。
天一线，往昔嶙，姑苏回首是苍云。篆烟欲验愁消长，知我今夕岂复心？

鹧鸪天　隔江

凉夜清风何处看，八方漫野乱悲蝉。醉沉好梦易吹醒，何处雁啼无限山？
吹不散，是眉弯，只嫌钩月冷凄寒。恨难身化狂霖卷，万点离愁过浪澜。

鹧鸪天　覆水

霹雳惊风也枉然，漆黑从此是深山。卿心覆水无留意，无语斜晖渐望残。人欲去，心撩乱，道声珍重也轻寒。一场爱恨一场梦，一梦何不一万年？

鹧鸪天　江声

潮卷秋来客影单，一钩老月上渔船。风摧古渡魂撩乱，雁起江湖幽恨残。终忍惯，荡惊澜，江海夜来撼关山。喧哗万里沉渊后，且听江声猛过关。

鹧鸪天　酒栈

四壁深山往恨围，无穷无尽雁哀飞。倾泼暴雨萧萧下，翻捣狂澜滚滚摧。人空醉，泪还垂，梦中依旧掩重帷。来时梦醒红尘栈，不见人归见雁归。

鹧鸪天　忆卿

毕竟空谈一世名，愁浓于酒不能平。半堆霜雪情明灭，四壁清辉泪砌冰。惆怅里，纵横星，东西南北哪边行？前欢往恨浑无据，怎奈无端又忆卿。

鹧鸪天　忘情

大白浇头愁满膺，鱼沉江国雨中青。关山月黑乱蹄踏，湘楚天空孤雁行。如水月，向谁明，可怜故爱他怀醒。风声不忍掩幽恨，无奈醉中学忘情。

鹧鸪天　流年

愁隔湘江风月闲，归鸿无语水云边。残局命险秋廊雨，昔霸旗高凉莽天。
阶苔老，又一年，流年如水雨如烟。红蓼寂寞说残恨，雨打芭蕉数屋间。

鹧鸪天　梦空

苍莽梦空醒倚阑，恨凝碧袖泪曾干。夜花未减红颜变，狸帽犹摇轻雨寒。
人还妒，还摧残，笙歌未了隔关山。他生恨未结苦果，世世重经忍不堪。

鹧鸪天　深夜

烂醉醒来春又残，此生隔断万千山。萧飕飒打惊帘帏，雷雨熛摇破故关。
独倚壁，吞声瞒，陡然归梦迢迢盘。灯青深似江湖水，载旧照中故爱还。

鹧鸪天　残月

破纸做窗难入眠，怒雰狂溅洒江天。鹧鸪啼苦人空驻，飞燕归来雨不怜。
烂醉里，想生前，浇头万爵忘何言。高悬霜魄千山照，怜我今宵不忍圆。

鹧鸪天　醉

往事模糊黑夜漆，银灯乱簇恨淋漓。吧台高脚深情漩，暗壁短裳醉脸低。
鸡尾沥，绿醅提，酷柠狂酗冷槟啤。泼浇不醉不归去，醉里横行归路迷。

鹧鸪天 归鸿

昨夜军声草木掀，乌衔血雨堕沙间。枯枝未扫死蛟起，苍霈欲横往恨淹。战骨打，废都湮，荒潮来复去年年。归鸿不晓王旗换，乱荡高陵秋莽天。

鹧鸪天 远望

独自归来萧瑟间，酒徒散尽恨无边。万山荒冢斜阳里，千古英雄草莽间。颇不老，已华颠。不休问断左徒天。狂歌莫枉冲冠发，来去浮云多少年？

鹧鸪天 夜雨

提剑中宵曾几番，霜风吼起烛花残。荒唐往事刘伶酒，萧瑟江南庾子山。风雨骤，泪凝干，我弹未了怕君弹。为人当笑艰难世，猛霈萧萧燕子翻。

鹧鸪天 今世

今世何人轻将侯，江山万里徒悠悠，潮来天地兴亡逝，雁起江湖浩荡秋。韩信死，霸王休，浪沙混作大潮流。嚣张竖子知多少，多少英雄只废丘？

南乡子 窗

啼雁过苍凉，断续芭蕉奈夜长？撩乱秋飔摧落叶，凄凉，万片流年黯自伤。

昨夜梦一场，翻汝华簪也断肠。欲想风流成往事，深藏，恨隔前生月隔窗。

南乡子　山河

搔首古今愁，激荡狂潮混海流。我笑江湖空莽莽，全收，了无英雄十四州。

猛霈卷飕飕，对青史青山何奈侬？淘尽残唐西楚去，空流，难载江山万古愁！

夜游宫　晓花

一片离愁翻搅。吴宫馆前繁华扫。红袖晓花花不晓。雨中吹，本摧残，看又少。

灰发插烦恼。夜霂里，春花休笑。湿尽韶华淋漓悄。撼昏灯，倚高墙，听雨脚。

踏莎行　秋霖

月荡如潮，渡归南岸，孤栖不恨霜蟾满。盈盈红粉冷依依，为谁老兔头白惨？

千遍霖铃，琵琶尽散，江南庚子啼莺乱。休南望了望频繁，离怀欲断如何断？

踏莎行　乱山

怜望孤鸿，飘飘何去，不知身亦浮云里。风高月黑宇天漆，无人回首萧条地。

我问青山，兴亡更替，青山知我平生意？荒青不见到穷途，乱山无数偏思你。

踏莎行　关河雪

君莫回头，歧途千岭，零星一掷天涯命。鹅毛肆卷打关山，狂飙不辨君昏酊？

一种风霜，万般形影，满头如雪还多病。涔涔离泪下急滩，忽惊寂寞鱼龙醒。

踏莎行　空山

一夜同听，雨船夜暗，霜晨梦醒惊啼唤。楚天寥廓咽吞声，西沉残暮隔江晚。

归去空山，芙蓉打散，为君听尽霖铃乱。一江东水几多愁，相思吹皱谁人管？

踏莎行　旅夜

秋水荡洄，孤舟江颤。醒来浇醉漆天晚。好景良辰少一人，昏灯残盏心情懒。

月冷乌啼，旅枕梦断，空窗望远山痕淡。夜卷高梧急雨砸，风摧败叶心撩乱。

踏莎行　关山

死雁冻僵，黑风阵擂，贼毛响箭声如鬼。匈奴腥血饮不醉，茫茫枉也三千爵！

羌管愁绝，铁蹄踏碎，雪挥万里高关垒。狂飕一夜吼风霜，漫天愁满关山北。

踏莎行　云山

云在意迟，水流不见，秋心远与鸿飞灭。牧娃赌气笑成真，云山俱在人非也。

写落花湿，写风写月，唯独写汝无从写。香积成烬亦成佛？濛濛烟雨山重叠。

踏莎行　夜听琵琶杂江声

鹉碧笼惊，泪红雨洒，声声迸碎鸳鸯瓦。袖凝鹃血见知音，琵琶未听淋罗帕。

猛霈江天，悲鸿啼罢，英豪叫尽江流下。江山磨灭恨难消，残唐西楚悲歌哑。

踏莎行　秋雨

独上西楼，凄凉梦里，碧高秋晓榴裙起。腰支百辗吴刀裁，离愁怎剪万千缕。

留瑟欲弹，留唇欲语，留谁不住终须去。千山归去雨中青，为君听尽萧杀雨。

踏莎行　秋荷

幽恨满池，空叠梦想，红荷脉脉泪相向。乱蛩凉簟忍听秋，红娇翠被碧吹涨。

历惯凄凉，留连蜜酿，乱蛩疏雨愁模样。举头云起莽苍苍，萧淋青廓秋鸿荡。

踏莎行　乱碧

雨打芭蕉，偏情无恐，不得红软暗骚动。浅樱翠翘冷叠愁，薄肩如纸青峨耸。

冲断苍云，回头谁省，隔江青廓孤鸿影。魂逐乱碧江萧摇，西风分付夜秋冷。

踏莎行　来路

幽恨凄涂，秋风满墅，小楼四壁霜华酷。皎辉惊起雁千山，夜残梦醒忘归路。

败壁青灯，挑灯怀古，胸头万酹浇沉怒。万山重叠壁崖悬，掩遮不住愁来路。

踏莎行　今宵

满枕秋声，芭蕉卷雨，如何过得今宵去？今宵却是已流过，今生到底不能已。

往事低回，情愁如戏，秋霖辗转秋飕里。万山萧瑟故人隔，笼中鹦鹉迸红泣。

踏莎行　琵琶半世

雁叫江天，窗阴如箭，前欢往恨乱重叠。琵琶半世竟谁知，横弹幽恨淋漓泻。

话到英雄，绿牙噙血，江山雄杰皆磨灭。泪珠碧袖冷曾干，萧飕吼起烛花裂。

踏莎行　怀远

魂逝茕茕，风起嫋嫋，望极浦断孤鸿小。思君不忘剩离忧，夜长不寐徒伤悄。

沅浦风疾，湘畔人老，浮云多少茫茫道。日将迟暮怅焉归，至今此恨何人晓？

蝶恋花　秋晚

雨湿丹青秋水漫，几阵轻寒，往恨隔江畔。箫起红林千绪转，凉风横骤凋声惨。

强笑无言游人散，众语误人，竟贵聪明干？憔悴如何江北岸，憔悴不尽愁不烂！

蝶恋花　落暮

闲坐庭除人寂寞，俯仰之间，阵阵梧桐堕。几声昏鸦薄暮落，斜阳草树多秋色。

我是人间惆怅客，一啸高歌，啸罢风萧瑟。憔悴江潭多少错，前朝云远天空廓。

蝶恋花　蝶惑

乱雨翻城城已破，猛雨浇头，天地皆萧瑟。飞鸟愿为云一朵，浮云愿做鸟飞过。

醒罢不知天地色，庄梦蝴蝶，蝶梦庄周者？墨雨疾云摧撞落，鼓声震裂煌雷火。

蝶恋花　青枫

枫血疯砸急雨怒，苦恨青枫，夜夜无人诉。昨日青梅竹马故，恨君不在经行路。

一派萧飕凋碧树，无惧狂徒，一世穷残酷！万里青枫犹乱舞，夜风不语知何处？

蝶恋花　春深

春燕飞回独自苦，烟柳春深，辜负何缘故？无数青山君仰俯，天涯我恨多歧路。

本是相逢无是处，满耳潇潇，一夜阶苔漉。君且去兮休反顾，春霖千尺浇尘土。

蝶恋花　料峭

鸥鸟归飞荒草莽，冷雨无情，料峭催绝望。一世几回花里浪，几回惆怅几回妄？

泪柳攀折依手上，风里轻蕾，都作愁模样。往事隔生休再访，解知一切皆原谅。

蝶恋花　风月

烛裂不红逼冷泣，楼下风摧，楼上欺棂雨。冷雨惶然凄似你，风吹草草离人语。

愁起空城愁难洗，潮打昨夕，愁又霜晨起。任新年年风月里，一往不问人间底。

蝶恋花　冷羽

沧海横澜掀哭泣，漫我憔颜，漫我风尘洗。夜夜滩声偏忆你，浮萍搅恨逐流去。

夜夜思君犹不已，血淌胸膛，浑裂偏欢喜。不复躲逃飞冷羽，死君箭下犹怀里。

蝶恋花 旧路

杜宇空啼肠断处，梦里千山，不辨关河路。能为离愁瘦几度？寒枝冷冒新花骨。

秋雨急吹枫血诉，掩泪独听，此恨应无数。百转千回君莫误，青骢只认来时路。

蝶恋花 夜汐

夜浪袭来哀雁起，各自飘零，各自哭无语。寒蟾漠漠空如许，一腔沧海替人记。

今只浪人难死去，滩转潮回，夜夜愁堪洗？冷眼秋风逐海去，旧欢往恨浑无据。

蝶恋花 江深

门外江深不见底，流向天涯，何不载侬与？万尺落花逐水去，秋思还恐无凭据。

身在自知愁缚与，不复故人，谁为潇潇雨。掩泪独来听瑟怨，鹃啼一并江流起。

蝶恋花　灼心

掀起狂澜万里水，来灭人间，不死煌心碎。举首漫天星如雨，下看孤客飘零醉。

枉设良辰添憔悴，千盏绿醅，饮罢浑无味。秋雨本砸千万恨，奈何还赚行人泪？

蝶恋花　归时

一夜红枝凋万朵，寄与秋姬，忍泪何奈若。风里流年何瑟瑟，枉人伫与梧桐落。

乍冷重帷休放落，乱雨灯前，秋雁万一过。别后香熏烘被热，归时可有馀香爇？

蝶恋花　东风

狂客仰天千尺泪，夜夜浇愁，恨换今难醉！四野苍茫为吾累，东西不辨望春水。

一别从今悲喜碎，次次春回，怅惘袭每每。携絮东风犹痛悔，可怜愁满江南北。

蝶恋花　回首

吼起西风澜啸怒，撩乱狂蹄，踏碎关河渡。举首苍天独不语，残阳只管西流暮。

最是不堪回首处，无数青山，只有鹃声苦。恨煞石头城上月，浑苍白到无人路！

蝶恋花　山海

烈夜黑飕冷月捣，激乱横澜，天地独狂啸。梦醒天涯行客老，秋声痛泪翻波峙。

山里鹧鸪拼命叫，山是依旧，人是憔悴了。急雨西风摧恨到，明朝依旧何流潦？

蝶恋花　秋雨

天宝琵琶谁记取，憔悴江潭，往事啼痕里。暗恨随风澜卷起，断魂覆水潮回去。

人若野云无去迹，情似雨袭，雨后黏裾絮。如此良辰秋夜雨，无端惹起愁千绪。

蝶恋花　闲愁

一片悬刀横海口，古往今来，天地一搔首。满地闲愁无处走，狂风削碎银潢斗。

急雨飕飗萧乱骤，我未弹成，又怕君弹奏。料我今宵无好梦，排澜夜吼关山冷。

蝶恋花　往事

骇浪舷惊狂溅醒，撩起悲风，夜半激流碰。浑望驰车不待客，乱螭残恨旋山耸。

铲地萧飕欺枕冷，下复登楼，楼上霜风冷。往事迢迢陡入梦，追思四壁暗掀涌。

蝶恋花　天涯

四壁漆山春梦远，犹有吞声，句句声凄咽。烂醉独来听瑟怨，孤衾泪雨幽簾掩。

旧恨那消新恨叠，莫问天涯，夜为谁残玦？醒后棠梨满苑雪，梦如水月撩明灭。

蝶恋花　夜雨

乱树忍听枯塞语，万点秋霖，漏断芭蕉绿。最是不堪回首处，春愁一片渐吹起。

一往情深深几许，醉里惜别，转眼天涯旅。浪客心浑撩乱浪，抱箜女打潇湘雨。

蝶恋花　悲秋

龙蟒枯枝疾雨铲，梦醒时分，恍把人间换。想不梦君能不梦，欲离怀断如何斩？

逆浪船摇灯灭撼，眼痛徒听，渔笛频频乱。不是悲秋酸泪少，如今流浪天涯惯。

蝶恋花　碰杯

萧飒秋声惊乱帏，想想浮生，却道从无悔。举箸莫名忽怅惘，知非可饮拼一醉。

如此月痕如此泪，举首休言，一酹还一酹。君与碰杯心与碎，凄灯暗雨成滋味。

蝶恋花　思君

灯焰黑残鹊声早，总畏烛花，凋落君无晓。泪柳含烟遮远道，青青依旧为谁好？

残夜西风削古道，夜夜思君，如月清辉少。醉莫亲鸥鸥莫叫，无端似汝白头了。

蝶恋花　姑苏

醉里贪欢昏复晓，檐铁铮铮，碾破关山道。麋鹿醉归踏雨脚，姑苏台下兴亡扫。

陌上斜阳萧树照，雨打青梅，都向尘中老。数尽咸阳行客小，红泥千尺惹人恼。

蝶恋花 泪燕

梦醒无涯云里浅，灯焰不青，泪洗风霜脸。问我为谁红泪眼，陪侬呜咽许多燕。

一燕教侬依翅掩，跪遍菩提，求燕携吾远。春燕衔来花似雪，苏堤飞尽无人见。

蝶恋花 醒后

醒后廉纤雨寥落，雨困红楼，都是梦中客。我非辜我还何作，芳菲何苦生何错？

暝色沉浮千山黑，不见飞鸿，只有秋天漠。万事千端吾不做，上天如此能饶过？

蝶恋花 荷馆

红泪纵横狂洒落，夜吼流年，残阮砸弹破。碧绿青蓝愁乱错，陡然旧恨江天黑。

云雨荒凉归不得，四壁漆漆，关塞正萧瑟。都是江潭曾识客，残荷无寐千声惹。

蝶恋花 乍雨

猛霈浇头犹未已，百感淋漓，不把风尘洗。翻盆雨里春燕去，问春何在池空碧。

乱盏琉璃千樽绿，炫电银华，醉里闻闲语。春梦家山相忆忆，前情往恨江云起。

蝶恋花　不信

残夜萧飕声飒飒，夜夜汹涛，夜夜荒滩打。江头鹧鸪悲恨哑，落花如泪淋罗帕。

湿雨低回急燕下，垂柳何曾，系住无归驾？树若有情青若此，庾郎不信披霜发。

蝶恋花　千花

滚滚萧哗霹雳乍，江阔风摧，往恨劈头杀。昨夜天涯今湿瓦，东风燕子十年夏。

银烛雨昏残月挂，乱世浮沉，夜半钟声打。醉里千花折取下，幽幽不晓插谁发。

蝶恋花　洗愁

红粉镜中残黛绿，恨到无言，休笑春花里。为谁醉倒为谁起，啼鹃泪里棠梨雨。

不信江潭愁得洗，浣破金陵，虎掷龙争地。无限雁声莽荡去，青山如发无涯迹。

蝶恋花　青史

荒瓦金陵夜浪湃，靖难烧来，剐戳血翻海。斧打烛摇波猛骇，变讹青史因成败。

胜神亡鬼行者慨，击筑成灰，谁晓腥风外？广武山头浑无赖，狱深太史今安在？

临江仙　秋思

莫问前情空往恨，故人笑叹苍白。人间何事可重来？梦中吾是草，终绊汝徘徊。

醉里高歌歌落后，满心无主醒来。平芜却被夜深埋。秋风秋雨乱，商女不逐来。

一剪梅　芭蕉

不忍芭蕉秋雨摇，早也潇潇，晚也潇潇。笑我枕欹寻烦恼，种却芭蕉，怨甚芭蕉。

秋入千山翠袖杳，醉又无聊，醒又无聊。往事隔江雨潇潇，爱也难浇，恨也难浇。

苏幕遮　残萍

醒天涯，方欲起，方欲欠伸，碍此低天宇。江海安无拘管驭，野月伤心，一夜头霜里。

恨浮萍，浑浪旅，哭笑悲离，摧打零星去。又忍秋阑人笑语。梦醒潺潺，帘外萧淅沥。

苏幕遮　酒市

夜风欺，扑铲地，只有野花，把我依然记。鼙鼓滩声相醉语，话到英雄，尽吼寒风起。

沸笙歌，波簇炬，酒绿灯红，谢掩愁千句。最苦喧嚣灯火去，不忍秋声，一夜风兼雨。

苏幕遮　人间

对青炉，浇愁酒，苍狗白云，人性中深走。莽宇残星高岂佑，嫌弃人间，嫌弃人间丑。

复别离，还紧搂，往事凄迷，野雨飕飕骤。浪客梦中霜暗吼，归梦迢迢，归梦迢迢陡。

苏幕遮　望断

拗丝残，恨欲剪，梦绕关山，梦绕关山险。最苦闲愁苍莽远，望断青天，望断青天雁。

如清霜，明复灭，灞上三更，灞上三更雪。只露狂徒脸半面，给尽世间，给尽世间脸。

酷相思　晓镜

回首流年如逝水，不堪醉，拼一醉。欺浪客心枯无所谓。萧瑟世，成滋味；萧瑟雨，成滋味。

晓镜眉山青黛粉，霜一寸，愁一寸。笑愁满沙鸥飞不稳。君恨也，如何恨？君问也，如何问？

酷相思　来去

灯落薄帷人不语，孤衾泪，幽阶雨。对冷月江头难已矣。昨夕也，如何记？明日也，如何去？

何处鹧鸪空苦泣？谁知底，空悲矣。望万古沧澜摧又起。天不语，潮回去；吾不语，潮回去。

草鸣蛩　回廊

离别可堪伤，太仓皇。忍红鹁，笼里悲腔。百年青史，银烛凄惶。更霎时风，霎时雨，霎时凉。

夜半更彷徨，向何方？问肝胆，堪照胸膛？故人回首，相望回廊。望若为爱，若为恨，若为乡。

江城子　野飔

野飔茅店暗萧杀，忍狼嚎，啸胡沙。荡北浪南，流潦铁蹄麻。莫道悲秋酸泪少，今只是，惯天涯。

江翻海蹈且嚣哗，有天涯，有生涯？一半秋风，撩乱卷惶鸦。一半秋风应不忍，吹往事，向谁家？

雨中花　故里

鸦睡废都死，黑滚残高紫。曾铮乱铁马，出秋泗。郊上血洒遍，张楚击黄钺，哭鬼皆惊此。荒草枯藤，老尽孤臣孽子。

问生平，风霜堪透纸。淋洒青衫湿。听夜雨，深千尺。王谢于何边？巷巷全相似。西风里，问址苍髭。挥手指，斜阳边是。

醉翁操　楚水

孤鸿。江枫。风中。一声声。秋横。琵琶湿透何匆匆。水随天去清空。怀故峥。诺，送汝东。江北南也秋与侬。

芷兰欲泣，萧瑟凄风。小舟去后，云莽苍兮远濛。昔诧石榴裙红。凝恨忍兮今封。蛾岫兮悲胧。舞罢兮一生。噫，宅满幽蘅。雨骤落花兮重逢。

醉翁操　望晖

怀薇。昔非。长悲。望暝垂。薄晖。日将暮兮焉得归？莽茫极浦焉追？何物微，寄予以芳菲？悲绪风也摇蕙萋。

藐思也蔓，蔆也葳蕤。望姝未至，独浩歌兮下泪。思婉伊兮情微。岁奄忽兮如颓。独茕兮莫违。焉折兮初非。眇志兮休回。指苍天兮以何为？

水调歌头　喧嚣

天宇不羁远，云气起苍苍。满湖吹雪，风弄狂客冷衣茫。下界喧嚣万里，休道人间浮梦，疏罄打沉霜。下望蚊虻苦，吟啸水云荒。

抵鹊玉，灌夫气，荡天罡。棋局尘世，毕竟只手覆沧桑。乍可江潭狂啸，何以风尘委吏，所济在离氓。荡树水求月，捞上一片凉。

水调歌头　飘零

宇宙几时有？江汉尽流东。飘零人物，悲风乍吼啸歌声。昨夜灵均归去，怒浪掀澜堆雪，龙客隐其中。天地笑枷锁，罗网太稀松。

旅愁动，萧飕劲，骇船棚。满江往事摇落，轻掷恨匆匆。回首红尘滚滚，谁惧区区天命，流潦恶涛中。此恨君知否？寂寞瘦一灯。

水调歌头　黄鹤楼

夜雨骤千尺，打不乱残钩。何人为汝狂醉，为汝恨白头？黄鹤云中不返，太白拳砸是梦，俯仰古今愁。试看风云走，天地正清秋。

西风扫，繁华歇，六朝休。大江东去，父老哽咽泪横流。自古英雄死节，岂爱浮名而已，不愧我心求。百感淋漓起，万代一时收。

水调歌头　江东

千里鸣髇响，不负戟髯苍。投鞭欲渡天堑，猛舰跨西江。欷歔寄篱仲氏，未冠忽接险局，苦讨父尸凉。江北沐猴冠，英杰苦心伤。

贼兵犯，摇旆起，自残戗。赤帻亡命伏草，粮扣醉酣狂。暗地鬼胎多少，破虏也夺玉玺，淮水敢称皇？一块传国玺，英霸尽栽亡。

水调歌头 玉宇

长啸复长啸，烈雨洒雷巅。未降蛟蟒百万，巨浪乱击掀。我有闲愁千爵，万里吞天韬略，试手补残天。浑欲摩挲月，怒揽照苍颜。

船骇避，狂澜溅，雁惊弦。醉觉玉宇哀闷，何必做神仙？凭甚玉皇大帝，金碧荧煌座上，祖道是更年。恨只强能制，世道竟无言！

水调歌头 酣狂

我本狂酣客，捧腹笑卧龙。狂哉何夜悲吼，何夜月苍横？青史青山无物，蹈海砥澜空梦，忽醒倚西风。万爵冻醪醉，举世更无争。

大观园，梦中客，走蹄生。人间愁许，怜痛鸥雪满头峥。不倒翁冠乌俨，打破心肝何处，空荡烂泥中。青岫陶潜去，浅醉爱秋声。

满江红 天门

剑指天门，古憔悴，今又憔悴。断鸿起，霏霏极目，孤伊无悔。渺邈长天浮秋水，楚帆濛雾半襟泪。孤臣恨，问万古关河，消一醉。

君知否，君谁为？君知否，年如水？至今应痛悔，那时滋味。天栋酒名飞万古，几重醉醒浇千爵！暗灯摇，凝滞思无语，心空坠。

满江红　野云

烟冷霜汀，风萧索，阵绝孤雁。荒苇荡，草间沧迹，秋声寥远。醉指江湖天底下，野云一片忽惊远。啸残宵，销却酒一杯，将愁掩。

是情浅，是缘浅？是红脸，是红眼？望苍山妩媚，多情何限？拗尽芳心无尽剪，断情绝怨谁演？向西风，一壶壶寂寞，邀明月。

满江红　潍水怀古

汹漭江声，深夜雨，怒涛千尺。溯潍水，决摧骇浪，楚军悲掷。横窑惊渡飞天堑，铁蹄乱溅决死士。龙且恨，敌蔑执戟兵，如何是？

乞漂母，英雄食；胯下耻，霸轻视。不拔刀泻愤，为英雄志。无故加之无激怒，卒然临此无惊叱。人皆言，晓何物挟持，方如此。

满江红　夜读“二战”史

乱壁熊燃，炮炸裂，狼藉一片。砸弹雨，烈震伏起，姗姗迟也！不列颠才山里看，惊雷飞掷珍珠焰。猛烈腾，万海军肢裂，安合眼。

猖贼恶，天边远；美舰痛，澜涂血。铁沙狐，扫灭倾雷劈月。炮陷浪掀飞壁堑，乱壕捣碎硝灰掩。劳动营，风雪驱俄痛，堪比也。

满江红　世恨

掠地疾飑，莽霄黑，长安霈洒。骇浪烈，列缺霹雳，天憎欲杀。乍恨淋漓吼夜破，雷霆劈裂铁骧驾。莽乾坤无处葬我身，遭轻踏。

高窗外，秋萧飒；狱牢壁，俗尘骂。想咸阳西畔，无边沧灞。废渡破船悲起雪，惊风荡蟒怒熛瓦。为荒唐世骤荒唐泪，淋罗帕。

满江红 醉书

醉胆横秋，骑恶龙，撼残桦烛。淋漓打，狂雷劈裂，满江萧树。战骨冲潮杂悲恨，黑风炮焰穷残酷。想万千白眼憎欲杀，休跋扈！

霆欲坠，贼心曝；雨欲破，熛飞弩。望煌宫血土，鬼神俱怒。曾起扶摇高碧廓，重来笑指嶙峋路。可奈何君胆丧成灰，忍潸睹。

满江红 生死

炮焰横劈，且暗渡，死生无奈。望残船，斜阳鸦起，几更年代？涕泪难营杂恶臭，铁枪纵把空悲慨。忍寒滩冲上万千尸，谁屠宰？

稚子问，生何碍？鸿儒复，无不赖。倘君今尚在，老能交待？军霸熛摇掀世恨，腥飑扫荡摧流湃。曾世人见汝皆深惭，今安在！

八声甘州 寒蟾

问寒蟾谁为满和残，愁里夜无眠？把铁笛吹裂，兴亡唱断，千阕歌间。夜半英雄鸣瑟，万古恨浑闲。昨夜急流水，洗尽人间。

悲笑一声应醉，竟浊醪辜负、俗世甘甜。算难逃是谶，难避是流言。想红颜、此生何罪，误几回、露水有谁怜？盼万过，天涯归否，弱水三千。

八声甘州　暝色

望斜阳如水送兴亡，千古洗清秋。恨扫平贼虏，寒蝉皆噤，谁复君留？我仰茅公高义，飞雪为民求。铁宪空一纸，句句皆休。

不道繁华易了，似风樯阵马，跌宕激流。问人间真伪，草莽岂须忧？更谁听、盘空硬语，飞烟灭、鸿士竟白头。且狂啸、叫蛟龙起，哽咽悲喉。

八声甘州　狂醉

醉狂去料理世间秋，破宇雁忽啾。荡龙蛇萧瑟，血枝斑驳，残恨悠悠。憎恶浮名俗世，生计喋无休。笑指霄天月，好一头愁！

万古百般滋味，晓知人是鬼，鬼是人否？忘欢拼宿醉，醒罢又悲愁。啸苍董、效刘伶者，天地屋，醉死有谁收？高寒处，凭栏望断、滚滚江流。

八声甘州　姑苏

又几番回首莽江天，纵横尽飞烟。扫齐楚萧瑟，戟髯无语，此恨无边。我欲扶摇直上，只手补残天。尝胆人安在，志士归田。

不似风流范蠡，望江湖渺邈，多少流言？叹红颜薄命，戏子有谁怜？古来一片伤心月，想昔年曾照馆娃边。惜长剑，未成霸业，未老华巅。

八声甘州　关山

渡冰河铁马向关中，飞霜洒三更。到清秋鸿断，启章无语，书寄难成。夜半英雄鸣瑟，白发对西风。不见关山路，涕雪秋横。

关下堆愁白骨，更何堪回首，种种成空。似浮萍簸荡，流潦奈天公。望夫楼天难残晚，离合故、人易暮昏红。摇垂柳，至今应恨、相见匆匆。

八声甘州　望江

溯锦襜百万渡江流，云雨莽苍中。故铮铮铁骑，投鞭提剑，浩荡奔冲。回首兴亡湮灭，蝗蚁肆纵横。江底尚不见、破殿陈宫。

公为苍生再起，料雨吹棋弈，万古成空。只凌波不倦，几度送残红。我驰毫，骤雷疾电，叫看不及，满座失声。过江写，旋风撼地，转眼西风。

满庭芳　夜半

野火荒城，潮冲战骨，笳裂腥雨飕飗。铁蹄溅血，恶蟒卷镰钩。顽悍嚣贼横逆，骚国界、气焰咻咻。君不见，沐猴冠冕，残霸几时休！

天涯，还依旧。举灯夜舞，猛剑横秋。泼烈酒鸣瑟，还为谁留？夜霈萧萧怒打，狂酣罢，踏马江流。风雷怒，崄峡望断，高崖起悲鸠。

今何夕　姑苏怀古

怒涛漭漭激千尺，兴亡骤雷沉溺。犹望子胥，衣冠雪冷，驾骥汹波无际。西风短蜡，怕银蟾吞吐，忆中兴替。夜起哀鸿，姑苏叫断飞何去？

尽销铁戈断簇，翠漭龙不见，年代更易。醉何不醒，惟凄凉月，曾照馆娃宫里。灯红酒绿。君不见萧萧、悲歌吼起？重把瑶笛，欲吹吹不成曲。

水龙吟　离别

举头万里天涯，黑熊滚滚摧何处？我来笑此，九间莽莽，苍然无物。望断疾车，喜悲随轨，奔波仓促。正萧飕无语，万端往事凋秋树，流年住！

万古别离无数，吼霜飞，走河梁路。西风雁断，人绝风雪，一身尘土。我举千杯，几番回首，裂天谁补？问多情醉醒，谁人是我，一杯糊涂。

水龙吟　后庭

猛风席挂沧澜，千重山啸奔汹涌。乱云万里，废丘新草，秋坟急雨。踏裂铁蹄，关河沉陆，谁拔刀起？溯乱旌突骑，渡江猛射绝雷雳，悲凉绪。

残夜鹧鸪声起，血斑凝，兴亡悲涕。潮冲骏骨，狠霖狂打，英雄何去？鸣瑟悲歌，黑宵舞罢，了无陈迹。剩兰舟商女，为谁犹唱，《后庭》遗曲？

水龙吟　太平轮

狂飙雷雨劈骤，乱涛骇浪惊回首。澜掀断舰，惶颜潸楚，急拥颠抖。沉陆关山，孤臣孽子，夜风悲吼。顾硝烟横起，枪榴炮爆，残肢血，君知否？

铁马彪杀摔胄，困重围、腥飕涂袖。残兵溅血，卖身求渡，太平鸡狗。恶煞狰狞，跌涛嗷厉，未及摇手。是奈何天下，荡霄雨洒，打青衫透。

水龙吟 悲挽李鸿章

疾飓削碎关山，夜来怒卷悲涛起。铁檣踏破，身名战裂，钧天堕地。乱世飞磺，烈旌突骑，惊雷枪雨。莽残朝谤尽，深宵见我，痛君志，悲君遇！

苦恨千艘撞碎，竟轰夷、陷沧澜里。洞庭移去，权枭跋扈，补天难矣。君逆西猖，悍贼蹂躏，独撑栋立。望雷霆谄媚，只身敌国，此悲何已！

水龙吟 举头

醒来野枕萧飕，燕秦晋楚夜忽昼。落鸿高碧，江声深莽，可怜依旧。掀浪穿空，鱼龙悲啸，九间摇抖。望猖蛮残霸，沉浮谁主，鄙英过，惊禽兽。

雷捣风云奔走，乱枪森、弹霖狂骤。腥飓扫荡，关山路绝，狂然回首。万里硝烟，狼藉摧掠，崛龙忘否？更未消悲恨，填膺烈焰，为君深剖。

水龙吟 春愁

三千年事无踪，寥寥孤雁江天起。萧萧吹遍，馆娃灯绿，了无陈迹。尚叫鸥讥，残云剩水，浣尽红泣。问湛卢锈否，柳垂万缕，堪剪断，春愁雨？

可有江潭客子，到如今，又横长笛。问君幸否，问天问地，沧波无语。春雨如烟，为谁又入，杜鹃声里。恨几番归罢，终究独自，匆匆归去。

水龙吟　春风

潇潇云雨荒凉，凭高不见天涯道。归来忆起，当时谁驻，看尽春老？为蔽春去，青青千里，长遍芳草。可春愁不去，被谁窥见，春波皱，啼鹃叫。

一抹荒烟雁杳，过铜驼，问君知道？空凝泪眼，斜阳身世，渐飞渐小。遣派春风，看君红泪，争知多少？问春风，几曾留君？空教柳棉飞潦。

水龙吟　年年

江潭荒柳依旧，此愁谁晓谁消受？有如我恨，柳垂凌乱，碎入乌有。不识鸿鹄，叫莺轻视，一啸天抖。斩蛟龙夜半，霜风掀起，狂凶骤，悲歌吼。

拼醉花前烈酒，鹧鸪里，雪袍湿透。座中雄诩，荆榛谁辟，黑牢谁走？我惜阮籍，空留芳死，吾狂闻否！望刀前，多少无瞑？恨此恨，年年有。

雨霖铃　杯影

寒滩潮打，剑横秋气，万事摇落。连环铁马何去，风摧雪起，铮铮关朔。乱渡关河动荡，疾风猛雷抹。夜饮罢、千帐归来，捣梦鞭投莽天廓。

离愁万里高悬月，捣砧声、惹醒关山客。乘风醉上寰宇，人鬼样，不知谁我。乱影纷，非庄子非蝶，非雪非鹤。看酒里，啼笑皆非，才近影抛躲。

沁园春 天涯

夜雨萧啾，魂老灯摧，吼尽佛狸。乱废宫败壁，鼠潮惊窜；枯竿裂管，悴鬼长啼。破瓦吹残，冷澜激怒，浪卷撩来痛泪袭。檐鸦背，降残霜冷剑，梦破成谜。

飕横老泪难滴，溯沦浪天涯惯偶唏。荡扑瑆暗贴，浮生撼灭；沧汐夜打，往事凄离。怕漏怜伊，怜伊犹忘，鹦替绝情沾泪衣。吹何处，欲瞒千杯笑，心碎荒嬉。

沁园春 一瞬

愿汝今休、为我潸然，一座城围。问生离如此，悲愁和甚？总隔什么，你我间谁？夜半荒灯，哽喉难语，竟有谁人甘忍归？君难懂，问青山上月，莫问心扉。

前尘往事休追，只浪客惶然无所归。听鹧鸪愁住，杜鹃悲切，哀鸿啼断，蜩蟀梦回。撩乱西风，江天独吼，千遍枉然夜尽黑。风烛里，忆起今生事，一瞬颦眉。

沁园春　怀古

大刀惊梦，铁马突鸣，回首月残。听黑风响箭，乱杀黑夜；急蹄笳鼓，掀起横澜。烈焰飞雷，枪撩弹雨，蜚雁嗷嗷恨千般。君不见，惨墟烟四起，如此江山。

山河管汝摧残，恨割据军阀战万端。才陆陈粤乱，李白又铲；蒋阎混裂，军霸重翻。窥取龙头，自相鱼肉，致寇横欺血迹斑。万千怨，听乱蛩疏雨，一晌凄寒。

贺新郎　怀远

回首西风猎，听铮铮、铁檐阵裂，乱枪残血。重炮碾破关山月，夜吼兴亡浑灭。望幽恨，凄凉如雪。莽起黑猪突怒滚，烈焰劈，摧炸残肢裂。正义者，霸猖獗！

战国百战狼藉掠，陷荒沙，万劫弹雨，壮歌长绝。冷浪激涛夜残渡，凋尽孤襁泪眼。吹断脚，腥飕迸血。鬼哭嗷嗷苍鼠窜，骇寒潮冲骨空悲切！我未死，补天裂！

贺新郎　别

谁复留君住？今何夕，天涯依旧，人间非故！怒阮非琴亦非瑟，狂泻嘈嘈泪漱。轻淋帕、悲咽声住。掀海滔滔捣老兔，照残关、狠夷成平土。弹到此，冲冠怒！

铁胄西风摧烈猝，弹雨砸，枯墙窜鼠，烬残败墅。残夜命摇如动物，冷浪急奔夜渡。问谁使、裂痍无数？如此狐鸣如此月，恨流民堕地奔无处！君且去，休回顾！

贺新郎　夜半

关塞莽摧黑。旅夜残，喇叭悲咽，乱蹄砸落。冷月泻淋堪踏破，万古悲歌未彻。醉还醒，怒天狼射。血溅通街掳父狱，愤懦刀抽向更弱者！围悲笑，些瓜葛。

暴飑雨脚月倒喝，奏狂雷，血澜掀震，万声萧瑟。醒恍底吾云亦鹤？忍听吞声茅舍。堪负我，肝胆灼热！谁把九间当己事，大风潮呼起谁来和？苦寥落，藐颠簸！

贺新郎　夜读“二战”史

见血蚂蝗鬼！忍恶涛，烈腥洗尽，擂裂肝肺。白眼横刀苍穹向，苦恨孤国假寐。从之赚，直汹漭水。乱焰横飞关塞黑，惨狼藉雷爆熊硝坠。怒鹰眼，助纣毁！

重车狂碾河山碎，围铁城，逆澜死挽，燃殆兵废。猎猎西风弹雨乱，望炮萧飙冲对。丢重武，扛枪败匪。愤笔英邱如许恨，被沐猴欲去空流水！惊剔尽，人间罪？

贺新郎 琵琶

风尾雷霆撼。是狂徒，银瓶乍破，惊嘈拨乱。可有人听萧瑟畔，听也可曾肠断？高蟒吼，飒茅飞砸。尽被野飓翻霖铲，剩冷弦不解悲歌颤。谁夜半，正辗转！

举头无语凄凉散。独荒寒，狼嗥败壁，悴颜残幝。涕雪灞陵不复返，忍把琵琶砸烂。送烈雁，横冲堕涖。鸿掠泥潭无痕蘸，死可留痕迹君来揽！今昔恨，如何斩？

贺新郎 混战

星烨何年坠？莽乾坤，苦方铸就，忍摧痛毁？璧破渡亡南北裂，檜铁铮铮踏碎。皆沦覆，成王败匪。郊上军阀犹混战，被列强吞噬摇贼旆。泪何止，一江水！

乱旗历历堪追悔，到头来，残疆割据，捕逃魑魅。阎蒋冯陈皆磨灭，夜半荒城嗷鬼。更倾覆、烟飞狼狈。国难当头相鱼肉，问遭杀抗寇竟何辈？君莫语，浇头醉！

贺新郎 休忆

往事君须记。想残生、百年而已，何须知己？萧瑟野森寻往恨，最苦闲愁未抵。听悲咽、秋风如泣。啼血杜鹃随君去，剩枯藤商略寒凄沥。君不见，吼飓起！

孤鸿无意潇湘去，再休提、为君泪迸，与君幽语。绿愁红怨浑未了，只有霜封高壁。更切莫、青灯前忆。冷眼薄情不眷我，吼男儿要为苍生死！独酒醒，三更雨。

贺新郎　赤壁

谁卷激波潏？到而今，乌林黑密，莽潭深碧。流到滔滔莫回首，惊骤雷霆赤壁。残吴壁、千钧硅砥。猎鹿中原残贼乱，剩孙刘只有联盟立。汹狂下，恨轻敌。

江陵泞草亡残骑。尽由何，萧飕铲地，了无陈迹。千飕猛舰硝烟灭，怒啸潜蛟江底。望烈焰、燃澜掀急。败旅高崖仰天笑，道竖子不识兵家地。望西风，正吼起。

贺新郎　虚妄

回首乾坤莽。君知否，荒陵废殿，悲鸿乱荡。狂楚残秦掀激浪，烈焰横击奔撞。终赢得、西风高唱。老雁惊秋休复叫，叫怒枫血洒郊原上。君莫道，皆虚妄。

萧萧易水吼悲壮，掷雷锤，残夜狐啸，棘原黥挡。猛艘烈骑浑皆枉，不见乌林枯蟒。纵终灭，岂弃顽抗？倾覆虢亭高天意？更雄霸崛龙从天降？望秋水，休徒怅。

贺新郎　秦淮江潭夜雨

徒瞪霄天裂。正清秋，江潭往事，摇枫落血。半世狂歌无知者，硬语盘空枉也。啸何以，荒波无厌？自古英雄摧萧瑟，况烛龙熄尽身销焰。堪更黑？终应变！

琉璃飞盏画船炫。忍孤听、狂霖千尺，尔曹不解！飒雨半襟弹不尽，凝袖是谁悲切？都未抵、沧澜磨灭。惟剩秦淮苍月照、曾抱琵商女多情泻。今剩几，孤臣孽？

贺新郎　别愁

往恨汹川荡。打激澜，未降蛟蟒，江涛奔撞。悲恨欢愁浑无见，未死胸膛滚烫。别离话、声声莫忘。残阙咸阳夕如血，正我回头见汝回望。向青廓，何苍莽？

秦时霜魄还无恙？吾何处？驾车直到，荒郊月上。铜琵铁钹遏霄裂，且和激雷高唱。也不必，贪欢一晌。笙沸银灯酒炫血，会满腔热泪汹澎酿。休为我，再惆怅。

贺新郎　自负

狂独不羁走，莽九间，人性背后，白云苍狗。扫灭猖獗空自负，嚣叫惊涛雷骤。怒眦裂、霸横依旧。凄怆萧凋树犹恨，更江潭憔悴君知否？君不见，曲直有。

觉民一去青衫袖。今何世？忘情太上，九间谁救？万里沧溟何寥廓，龙性焉能屈苟？鸣瘦马、壮心何够？来世化为采莲女，再与君相遇横塘口。秋蓉血，与君剖！

贺新郎　离苦

万事浑堪诉！听摧杀，铲飕烈雨，英雄何处？故墓废都荒藤老，呜咽江潭吞吐。便种种、何堪草树？西楚残唐青廓望，恨咸阳檐铁迷归路。君莫顾，正沉暮。

曾经照过别离苦，是秦时、高悬夜月，几番忍睹。笑汝落花多如泪，罗帕萧淋无数。长门空有长门赋。马上铁琵今何复，更悲蹄曾踏西郊土？全磨灭，寒潮怒。

贺新郎　忆琵琶

绿鹈啼血雨，听鹧鸪，苦留不住，匆匆归去。梦里梦寻醒何处，往事摇凋秋宇。溯司马，冷衫湿绿。浔阳琵琶弹成故，况满襟红泪弹琵女。今昔恨，诉谁与？

举头涔罣又低抚。拢捻歇，芙蓉泪打，冷弦悲楚。欲泻嘈嘈还幽拗，拗尽别离轻误。问冷暖，伯符子布？冽雨残荒怒潮打，笑江潭旧识皆迟暮。君莫语，添三鼓！

贺新郎　怀古

古灞秋风起。顾不及、枯蛟舞罢，仓皇堕地。萧瑟淋漓霆骤裂，扫荡腥飔血雨。孤鸿没、咸阳高壁。绿牙噙泪皆迸碎，怕能言鹉忆中兴替。谁只道，别时易？

满廊银烛驰飚里。奸雄悖，惊狙帝驷，韩刘弑弃。雷掣后庭如阵马，檐铁更无陈迹。匆换尽、乌衣巷里。渭水无情莽荒去，剩长安遗老人前避。惧问演，馆娃戏。

摸鱼儿　十三陵览古

蔓烟霏，冷苔幽啮，寒檐归雁几度？驰风剑雨纷萧瑟，撩乱叫蛩凄树。龙蟒影，枯桠错，霜天吼破东方路，秋云无数。望万顷荒沙，千秋身后，谁复亘留住？

煌华处，天下多少曾妒？阿房终讽如赋！生前万里封疆界，葬身一方黄土。销万古，销不尽，天涯水月仍楚楚。石狮吞吐，正笑我今生，爱恨几番罢，便犹迟暮。

摸鱼儿　感世

更堪听、江砸雷鼓，夜狸烈啸嗷哭。无情红雨淋罗帕，摆荡乱蛩凄诉。君何苦，君何补，狂飔削碎皆尘土！血泪挥簌！纵未彻悲歌，也堪回首，碧袖凝干处？

无情物，唱到英雄恨苦，泪迸笼中红鹉。枫腥满地非乱屐，踏破山河沉陆。君何苦，君不见，黄獐渴饮成空怒！残唐西楚！曾阵裂铁檐，如何打下，吹去成苍古。

摸鱼儿 旧恨

破窗砸、雷霖乱骤，芭蕉瑟瑟摧抖。独醒苦恨芳菲歇，弹裂琵琶如旧。君知否，君归后，夜残血迸凝罗袖，打青衫透！曾惊鸿舞奏，而今徒剩，夜半悲风吼。

堪消受？珠泪弦拨如手，离愁多少能够？我弹未了怕君弹，萧索凉飕时候。君何有，地何厚，秋高月黑无从走！天涯捽首！披醉袒貂裘，忽惊夜昼，往恨难浇酒。

摸鱼儿 别离

更堪听，霖铃萧瑟，江郊乱洒高漠。飞砸盘蟒荒陵里，苦恨芳菲歇落。铮铁破，关塞黑，琵琶弹碎孤鸿没，骨销冷朔。望雪打灞陵，翠车回首，梦覆别离客。

残灰挫，战骨秋飕吼过，夜半狂歌未彻。当初费尽人间铁，铸就相思悲错。壮箭射，惊雁堕，醉熛挑剑谁知我，蛟龙颜色！曾掷裂顽石，钓升龟陆，都也成虚设。

图书在版编目(CIP)数据

聒耳枯荷一万声 / 崖渊著. —北京：东方出版社，2018.12

ISBN 978-7-5207-0699-5

Ⅰ.①聒… Ⅱ.①崖… Ⅲ.①诗词—作品集—中国.当代 Ⅳ.①I227

中国版本图书馆CIP数据核字(2018)第281643号

聒耳枯荷一万声

(GUO ER KUHE YIWANSHENG)

作　　者：崖　渊
责任编辑：韩封三祝
出　　版：东方出版社
发　　行：人民东方出版传媒有限公司
地　　址：北京市东城区东四十条113号
邮　　编：100007
印　　刷：三河市金泰源印务有限公司
版　　次：2018年12月第1版
印　　次：2018年12月北京第1次印刷
开　　本：880毫米×1230毫米　1/32
印　　张：6.25
字　　数：112千字
书　　号：ISBN 978-7-5207-0699-5
定　　价：26.00元
发行电话：(010)85924663 85924644 85924641